던전사냥꾼
Dungeon Hunter

던전사냥꾼 7
Dungeon Hunter

온후 현대 판타지 장편소설

초판 1쇄 찍은 날 | 2016년 9월 5일
초판 1쇄 펴낸 날 | 2016년 9월 12일

지은이 | 온후
펴낸이 | 예경원

기획 | 위시북스
편집책임 | 박우진
편집 | 이즈플러스

펴낸곳 | 예원북스
등록번호 | 제396-2012-000132호
등록일자 | 2012. 7. 25
KFN | 제1-023호

주소 | 경기도 고양시 일산동구 호수로 646-24 위너스21 II 빌딩 206A호 (우)10401
전화 | 031-819-9431 팩스 | 031-817-9432
E-mail | yewonbooks@naver.com

ⓒ온후, 2016

ISBN 979-11-5845-460-9 04810
       979-11-5845-629-0 (set)

온후 현대 판타지 장편 소설

WISHBOOKS MODERN FANTASY STORY

던전사냥꾼

Dungeon Hunter　⑦

Wish
Books

던전사냥꾼
Dungeon Hunter

CONTENTS

Chapter 47
고급 수련의 방

Dungeon Hunter

창가 사이로 들어오는 태양 빛에 크리슬리가 눈을 떴다.

'어렸을 적의 꿈을 꾼 거 같아.'

무척이나 긴 꿈을 꾼 기분이다. 어른들의 보호 아래 황량한 대지 위를 뛰어놀던 그때의 기억이 불현듯 꿈을 통해서 나타난 것 같았다.

한참 달콤한 꿈에 젖어 있을 때 누군가가 자신을 불렀다. 깨어나라고 내게 모든 걸 맡기라며 끊임없이 말을 걸었다. 그 목소리가 아니었다면 지금도 깨어나지 못했을 것이다.

눈을 뜨자 목조로 지어진 천장의 모습이 가장 먼저 시야에 들어왔다. 기지개를 켜니 온몸이 비명을 내질렀다. 상당히 오랫동안 누워 있지 않고서는 있을 수 없는 일이었다.

"아……."

크리슬리는 자신이 쓰러진 것을 떠올렸다. 적의 함정에서 드워킹을 필사적으로 구하려다가 마력이 폭주했다.

한데, 이곳은?

익숙하다. 바로 다크 엘프의 마을이었다.

크리슬리는 즉시 현실에 적응하고 '살아났음'을 받아들였다.

"일어나야……."

힘겹게 자리에서 몸을 일으켰다. 마력의 폭주로 죽을 줄 알았다. 그런데 다시 한 번 기회가 찾아왔다.

던전에 쳐들어온 마족들. 그들은 공격을 쉬지 않았다. 자신이 누워 있을 때조차 수많은 마수가 죽어 나갔을 터. 조금이라도 빨리 복귀하여 던전을 지켜야 한다.

겨우 자리에서 일어난 크리슬리가 비틀대는 몸의 중심을 세웠다. 이어 침대 모서리에 걸린 옷을 갈아입으며 오쿨루스 침략전을 되새겼다.

'반복하면 안 되니까.'

던전 마스터를 지키지 못한 채 크리슬리는 돌아왔다. 오쿨루스의 던전에서 삼 개월이 넘도록 적들의 눈을 피해 몸을 숨기고 기다렸으나 던전 마스터는 돌아오지 않았고, 직후 판데모니엄 측의 공격이 시작된 걸 깨닫고는 복귀할 수밖에 없었다.

'내 한 몸 불사르는 한이 있더라도.'

던전마저 빼앗기는 건 말도 안 되는 일.

지켜야 한다. 반드시 지키리라.

그리 생각하며 주먹을 아스러지게 쥔 순간이었다.

고오오-!

주먹에서 짙은 검은색 안개가 생성되었다. 그러곤 주변으로 퍼지며 모든 걸 '부식'시키기 시작했다.

침대, 목조 할 것 없이 전부! 쪼그라들며 까매지고 머지않아 가루가 되어 떨어져 나간다.

쿠우웅!

작은 집 하나가 무너지는 데 30여 초도 걸리지 않았다.

하지만 크리슬리는 무사했다. 파편이 되어 떨어지는 판자 같은 것들은 크리슬리에게 닿기도 전에 전신에서 피어난 검은색 연기에 의해 접근이 막혀 버린 것이었다.

"이건 대체?"

무너진 집의 중심에서 홀로 선 크리슬리가 당황한 표정을 지어 보였다.

번식종.

던전을 구성하려면 번식종을 퍼뜨릴 필요가 있었다. 적은 포인트로 막대한 이득을 취할 방법이기도 하거니와 대량의 마수는 이 '게임'에서 승리하는 데 필수불가결한 것이었다.

번식하지 못하는 마수는 쓰임새가 여러 가지이고 더욱 강한 경우가 많다. 이 둘을 적절하게 섞는 자가 이 게임의 중, 후반부를 지배하게 되어 있다.

하지만 이번 침략으로 번식종 대부분이 죽었다. 그것을 복구함과 동시에 강화해야 한다.

'플로어 마스터를 들일 때가 되었군.'

각 층을 담당하는 일종의 중간 보스 격 존재.

이 플로어 마스터는 아무 마수나 할 수 있는 게 아니다. 종족의 최종 진화 형태, 예컨대 오크 로드처럼 특수한 존재만이 가능하다. 하여 그간 들이지 않았지만 나는 생각을 달리했다.

이번처럼 내가 부재중일 때, 이히나 크리슬리만으로는 한계가 있다. 플로어 마스터가 각 층의 마수를 지휘하며 전략을 짜는 편이 훨씬 효율이 높다.

층의 대표적인 번식종과 관련된 플로어 마스터라면 마수의 특성을 더 잘 이해하고 있을 테고 적의 침략으로부터 더욱 쉽게 뭉칠 수 있을 것이었다.

'단순히 던전을 복구하는 데 천이백만 포인트 정도가 들어간다. 모든 층에 플로어 마스터 격의 존재를 소환하면 천팔백……. 여기에 정상적으로 던전이 돌아가기까지 한 달은 필요하다.'

이것도 근원의 나무가 기능을 해서 가능한 수치였다. 적을 제거하고 내가 돌아옴으로 인해 던전 코어와 근원의 나무가 제 기능을 하게 되었다.

그 한 달 사이, 판데모니엄이 움직임을 보일 가능성이 있었다. 한꺼번에 넷에 달하는 휘하 마족을 잃었으니 아무런 행동도 취하지 않는다는 건 사실상 희망 사항에 불과하다.

'한 달을 벌어야겠어.'

고개를 주억였다. 하지만 전면적으로 나서는 것은 자극이 될 수도 있었다. 이 던전이 아직까지 버틴 이유 중에는 '나의 부재' 또한 컸다. 내가 있고 없고의 차이를 판데모니엄은 어느 정도 알았다. 아니었다면 굳이 마족 넷만 이곳에 투입하진 않았을 것이다.

길게는 십 일. 판데모니엄은 마족들과 연락이 끊긴 것을 의아해하며 조사에 나설 터였다. 내가 아무리 강해졌다고 하더라도 남은 판데모니엄의 파벌을 홀로 상대하진 못한다. 그러니 우회해서 시간을 벌어야 했다. 던전을 복구할 시간을.

"마, 마스터!"

이히가 허겁지겁 날개를 퍼덕이며 날아왔다. 내가 돌아온 이후 최대한 조심스럽게 행동하던 이히다.

'꿀물이 필요하지 않으신가요?', '어깨를 주물러 드릴까요?' 등 예전과는 달라진 어른스러운 어조로 나를 대했는데, 이처럼 허둥대는 모습은 오랜만이었다.

"무슨 일이지?"

"크리슬리가!"

"……?"

헥헥!

이히는 숨을 크게 들이마시곤 마저 말했다.

"다 부수고 있어요. 옆에 가면 전부 부서져 버려요. 이히가 막았는데 제어할 수가 없대요."

"……가낙의 정수가 말썽을 일으킨 모양이군."

과연. 이해했다.

예상한 범위다.

나는 크리슬리의 마력에 가낙의 정수를 성공적으로 녹여 냈다. 진땀을 빼는 일이었지만 그 효과는 놀라웠다. 마력의 질과 양, 모든 측면에서 급성장을 이룬 것이다.

당연히 제어가 힘들 터.

고개를 끄덕이며 몸을 돌렸다.

"크리슬리가 있는 곳으로 나를 안내해라."

"흠흠. 네, 마스터."

자신의 실책을 깨닫곤 이히가 제법 공손한 자세를 취했다.

양손을 포개 배꼽 위에 얹어 얼굴을 살짝 숙이곤 나를 안내하기 시작하였다. 꼭 어딘가의 어수룩한 하녀를 보는 것 같아서 피식 웃고 말았다.

콰르르릉!

던전의 내벽이 무너진다. 땅도 갈라지고 바람조차 가까이 가질 못한다. 크리슬리의 반경 수백 미터가 이 꼴이었다.

"여왕님, 제발!"

다크 엘프의 족장인 줄리엄이 대표로 나서서 간곡하게 청했다. 마을의 중심부에서 벌어진 일이라 어찌 대응할 수가 없었다.

"나도 멈출 수가 없습니다!"

몸에서 피어오른 연기는 '죽음'을 머금고 있었다. 사정없이 주변의 모든 걸 부식시키며 없애 버렸다. 최대한 멀리 움직여서 피해를 줄이려고 해봤지만 발이 좀처럼 떨어지지 않았다. 기운이 점점 강해지며 크리슬리의 제어를 완전히 벗어나 버린 탓이다.

"조금만 기다려 주십시오. 지금 요정님께서 던전 마스터님을 부르러 가셨습니다!"

무너져 가는 마을의 전경을 바라보며 수백 미터 밖에서 줄리엄이 외쳤다.

그러자 크리슬리의 눈이 더없이 커졌다.

"예⋯⋯? 그게 무슨 말입니까? 던전 마스터님이라니요?"

"그분이 돌아오셨습니다. 여왕님을 치료한 것도 던전 마스터님이십니다!"

자신이 누워 있는 사이에 그분이 돌아왔단다.

믿기지 않았다. 동시에 감정을 조절하기가 힘들어졌다.

<u>고오오오오오!</u>

기운이 더욱 강렬해지며 범위를 넓혔다. 이대로 있다간 근원의 나무에도 영향을 끼칠 것이었다.

"허업! 여왕님!"

줄리엄이 기겁하며 외쳤고 크리슬리는 당황하였다. 기쁨을 느낄 새조차 없었다.

"어찌해야……!"

다리를 동동 구르며 줄리엄이 입술을 깨물었다. 자신이 할 수 있는 것이라곤 응원밖에 없었다. 이 모습을 본 던전 마스터가 무슨 결단을 내릴지 그것도 두려웠다.

쿠와아아아!

"아!"

하지만 줄리엄이 염려한 일은 일어나지 않았다. 저 멀리서 검은색의 불길이 안개를 야금야금 잡아먹기 시작한 것이다.

오만의 불꽃.

최대한으로 전개하며 저 불길한 안개를 먹어 치웠다. 오만은 기본적으로 나와 성향이 비슷하다. 자신의 영역에 허락 없이 들어온 무언가를 절대 용납하지 못한다. 이 불길은 그 특성을 최대치로 살린 것이고, 당연히 나를 노리고 달려드는 연기를 내버려 둘 리 없었다.

"나의 던전 마스터시여! 가까이 오시면 아니 됩니다!"

나를 발견한 크리슬리가 크게 외쳤다. 기쁨의 와중, 절제 불가한 기운이 나를 잡아먹으리라고 걱정이라도 하는 듯했다. 하지만 나는 개의치 않으며 천천히 걸어 나갔다.

가낙의 정수.

직접 겪자 조금은 이해가 되었다.

'시간이군.'

죽음의 왕 가낙. 그가 사용하는 진실한 힘은 '시간'이었다. 시간을 빠르게 감아 부식시켜 버리는 것이 그가 가진 능력이었다.

내 오만의 불길은 빠르게 감기는 시간마저 거부해 버렸다. 참으로 꽉 막힌 녀석이다.

"오랜만이구나."

크리슬리의 앞에 서서 말했다. 어물쩍거리며 크리슬리가 힘겹게 입을 열었다.

"나의…… 던전 마스터시여……."

복잡한 눈빛. 그러나 미안하단 감정이 더욱 강하다. 오쿨루스의 격전에서 내가 사라진 것을 많이 자책한 모양이었다.

"자라. 깨어나면 그 힘을 제어할 수 있도록 조처를 해주마."

툭!

크리슬리의 이마에 손을 갖다 대었다. 그러자 크리슬리가 눈을 감으며 스르르 몸을 눕혔다.

Dungeon Hunter

다시 일어난 크리슬리는 제법 안정이 되어 있었다. 하지만

언제 다시 가닥의 힘이 튀어나올지 몰랐다. 그 전에 조처를
해야 했다. 그래서 나는 업적 상점에 들어가 한 가지 물품을
구매하였다.

각종 언어가 적혀 있는 양피지 형태의 계약서.

나는 심안을 열어 그것을 확인했다.

이름 – 고급 수련의 방(5/5)

설명 : 본격적으로 수양할 수 있는 장소로 이동된다. '시간'과 '정
　　　신'을 다루며 육체와의 균형을 꾀할 수 있다. 완성되어 가는
　　　길에 놓인 자에게는 그다지 효과가 없으나, 과도기에 놓인
　　　자라면 상당한 효과를 보는 게 가능하다.

　*총 다섯 번 입실 가능.

　*주의. 방 안은 시간이 100배 느리게 흐른다.

　*능력치 총합 450이 넘으면 입실 불가.

　**클리어 시간에 따라 숨겨진 보상이 존재한다.

크리슬리의 수련 장소로는 안성맞춤이다. 게다가 '숨겨진
보상'이란 항목도 심히 궁금했다. 나는 입실이 안 되지만 크
리슬리라면 꼭 좋은 성적을 내줄 것이었다.

일어난 즉시 크리슬리를 호출했다.

"타쉬말, 너는 부른 적이 없다."

한데, 도착한 크리슬리의 옆에 타쉬말이 팔짱을 끼고 서

있었다.

여섯 쌍의 날개를 펄럭이는 타락 천사. 그녀도 던전을 지켜낸 일등공신 중 하나였다. 그러나 내가 부른 건 어디까지나 크리슬리였다. 타쉬말이 따라온 저의를 알 수가 없었다.

"안다. 그러나 나는 강해질 필요가 있다."

"크리슬리에게 들었나?"

"날뛰는 마력의 제어 방법을 알려준다는 것만 들었다. 하지만, 던전 마스터여. 그대는 초월자의 영역에 발을 들이지 않았는가? 초월자의 비법이라면 내가 강해지는 데에도 충분히 도움이 될 것이다."

딱히 말한 적은 없지만 타쉬말은 이미 알아차린 것 같았다. 내가 조용히 입을 다물고 있자 타쉬말이 이어서 말했다.

"천사들이…… 세계 곳곳에 내려왔다. 비록 나는 타락했으나, 그들이 모두 희생되기 전에 마족들을 물리치고 싶다. 1년 8개월간 그대의 던전을 지켰으니 자격은 충분하다고 본다."

본래 타쉬말이 나와 약속한 것 자체가 그것이었다. 내가 없어지고 1년 8개월 동안 던전을 지켜준 건 그녀의 선의라고 봐도 되겠다. 던전 코어의 영향력도 약해져서, 애당초 외부에서 왔고 천사였던 그녀라면 아예 내 휘하를 벗어났을 수도 있었다.

"좋다, 그리하지."

시원스럽게 허락하였다. 그녀의 말마따나 자격은 충분했다. 양피지는 다섯 갈래로 반쯤 찢겨 있었다. 그중 두 개를 찢자 잘려 나간 양피지가 커지더니 문 하나를 만들었다.

"안으로 들어가라. 그곳에서 크리슬리와 타쉬말, 너희들은 힘을 얻거나 안정시킬 수 있을 것이다."

얼마나 성장할지는 나도 모른다. 그러나 이것은 나락군주의 보물 창고에 있었다. 이질감이 느껴질 정도로 다른 보물과 다른 느낌을 가져다주었다.

'왜 굳이 이런 게 여기에 있나?' 하는 의문도 들었다. 그러나 창고 안에 있었다면 필시 평범한 물건은 아니리라.

이윽고 크리슬리가 고개를 끄덕였다. 왜인지 눈 주위가 빨갛고 슬픈 기색이 있었는데 그 이유를 곧 깨달았다.

'크라스라가 죽은 걸 알고 있군.'

누군가가 소식을 전해 준 것 같았다. 하지만 그것이 크리슬리의 의지를 더 태운 것은 분명했다. 주먹을 강하게 쥔 크리슬리가 방 안으로 들어갔다. 그 옆의 방으로 타쉬말이 들어서자 쿵! 소리와 함께 문이 닫혔다.

'그럼……'

나는 가만히 두 개의 문을 바라보다가 몸을 돌렸다.

이제 한 달이란 시간을 벌 차례였다.

Chapter 48

로이, 로제

Dungeon Hunter

가장 필요한 건 정보였다. 세계가 어떤 식으로 돌아가고 있는지 확실히 파악하고 움직이지 않으면 놓치는 게 있을 수 있었다. 힘의 역학, 마족의 구도, 천사들의 강림, 인간들의 위치 등을 알지 않고 섣불리 움직이는 건 괜한 불똥만 튀기게 만들 수 있는 탓이다. 그리고 그에 관한 것들은 리치 가파람이 가장 많이 알고 있었다.

가파람!

기억해 냈다. 생명을 연구한다던 리치. 더욱 완벽한 호문쿨루스를 만드는 게 그의 목표라고 했던가?

"약속을 이행하는 게 늦었군."

"괜찮소. 호문쿨루스에 관한 것은 아니라지만 그간 나름의 진전이 있었소."

공방을 지어주는 것. 지원을 해주며 호문쿨루스의 연구를 계속하게 하는 것이 약속이었다. 하지만 본의 아니게 1년 8개월을 지저 세계에서 사용했다. 포인트의 사용이 불가하니 연구는커녕 공방도 짓지 못했을 터였다. 그럼에도 가파람은 고개를 주억였다. 이해하며 개의치 않는 듯싶었다.

나는 시선을 돌려 가파람의 옆에 자리한 두 아이를 바라 봤다.

"그 아이들은?"

"내가 요즘 가르치는 아이들이오. 워낙 명석해서 배우는 속도가 심상치 않소. 자, 자신을 소개해야지?"

검은 피부와 뾰족한 귀. 기껏해야 4, 5살쯤 되어 보이는 두 아이의 정체는 다크 엘프였다. 쌍둥이라는 게 특이한 점 이었지만 왜인지 낯이 익었다. 그중 여아가 먼저 걸어 나와 서 다소곳이 고개를 숙였다.

"안녕하세요, 던전 마스터님. 제 이름은 로제예요. 던전 마스터께서 로제의 이름을 지어주셨다고 들었어요. 삼생의 영광이에요."

"저, 저는, 로이예요."

로제와 다르게 로이는 제법 소심한 성격이었다.

'벌써 이렇게 컸군.'

그제야 나는 두 아이의 신상을 떠올릴 수 있었다. 아이들 이 태어나고 얼마 안 지나서 이름을 지어주지 않았던가. '노이로제'를 떠올리고 대충 지었는데 막상 당사자들이 나타나니 색다른 기분이었다.

로제가 눈을 동그랗게 뜬 채 나를 가만히 올려다보았다.

"여왕님께선 혹시 자신에게 문제가 생기거든 저보고 던전 마스터님을 보필하라 하셨어요. 로제는 아직 어려서 모르는 게 많지만 금방 배워서 꼭 던전 마스터님께 도움이 되고 싶어요."

"저, 저도요……."

작게 웃었다. 꼬맹이가 하는 말치곤 뼈가 있었다. 특히 로제의 굴하지 않는 눈빛도 마음에 들었다. 크면 당당한 여걸이 되리라고 예상하였다.

"명석하군."

"맞소. 이 아이들은 서로 모남이 없고 다른 이보다 배는 빠르게 익히고 있소. 아이들이 조금만 커도 내 연구에 도움이 많이 될 것이오. 로이의 경우 성격이 조금 소심하긴 하지만, 차차 고쳐 나가면 되지 않겠소?"

그리고 보니 3년 차의 마계 옥션에서 '쌍둥이의 정신 교감'이라 불리는 스킬북을 구매한 적이 있었다. 심안을 열자 두 아이의 스킬란에 서로의 이름이 붙어 있는 걸 확인한 뒤 가만히 이해했다. 스킬을 성공적으로 배웠고 그로 말미암아 상승효과를 일으키고 있는 게 분명했다.

"가파람, 나에게 도움을 준다고 들었다. 무슨 도움을 줄

셈이지?"

잡담은 이만하면 되었다. 본격적으로 묻자 가파람이 품에서 두꺼운 책 하나를 건넸다.

"먼저 이걸 받아주시오. 여태껏 있었던 일과 내 나름대로 생각을 적어놓은 책이오. 그간의 공백을 어느 정도 메울 수 있을 것이오."

책을 받아 대충 넘겨보자 일자별 변동사항이나 던전에서 생긴 일, 외부 탐사를 한 작업 같은 게 적혀 있었다. 날씨마저 적혀 있는 걸 보면 꽤 상세하다.

가파람이 미소를 지으며 말했다.

"나는 연구자요. 모든 걸 기록해 놓길 좋아하지. 던전에만 국한된 게 아니라 이 지구라는 장소도 매우 흥미로워 따로 다수의 퍼밀리어를 내보내 살펴보았소. 정해진 주제는 없으나 비어 있는 곳들을 채워줄 정도는 될 것이오."

"도움이 되겠군."

엄청난 정보량이다. 이틀 온종일은 봐야 전부 읽을 수 있을 것 같았다.

내가 책을 훑자 가파람이 슬며시 입을 열었다.

"그리고…… M3를 기억하시오?"

"마계 옥션에서 구매한 인공 골렘 말인가?"

고개를 돌려 답했다. M1, M2를 이어서 완성된 인공 골렘이다. 말이 골렘이지 기사라 칭해도 이상할 게 없는 깔끔한 외견을 소유한 물건. 당연히 기억 못 할 리가 없었다.

그러나 그 이름이 지금 나올 줄은 몰랐다. 다른 최상급의 마수들조차 치명상을 입지 않았나. 진즉 부서져서 바닥을 나뒹굴어야 정상이건만 그 이름이 가파람의 입을 타고 나온 것이다.

"부서질 때마다 보수하며 내가 그것을 조금 손보았소."

탁!

손뼉을 한 차례 치자 붉은 안광을 한 은빛의 기사가 튀어나왔다. 그러나 곳곳에 그을음이 있었다. 억지로 덧댄 듯 균열이 생겼고 한쪽 손가락은 아예 보이지도 않았다.

허!

작게 혀를 찼다. 여태까지 부서지지 않고 존재한다는 게 의외라면 의외였다.

"상처가 많군."

"수없이 많은 적을 상대하며 몇 번이나 망가질 뻔했지만 내가 가까스로 살려냈다오. 그러나 그만큼 강해졌소. 수많은 전투를 토대로 그것에 맞게 내가 변형시켰기 때문이오."

"변형시켰다?"

"M3의 핵은 손볼 여지가 있었소. 지구 인간들의 지식을 조금 활용해 보았소. 여러 개의 핵을 연결해 보다 강력한 힘을 얻을 수 있도록 한 것이오."

턱을 쓸었다. 가파람의 이야기는 굉장히 흥미가 깊었다.

지구 인간들의 기술력은 확실히 굉장한 부분이 몇 가지 있다. 그러나 그것을 활용할 생각은 거의 하지 못했다. 굳이 할 필요가 없었기 때문이었다. 그런데 지금 그 기술력에 가파람이 손을 댄 것이다.

"복잡한 이야기는 하지 않겠소. 그냥 핵을 네 개로 분열시키고 그것을 연결해, 보다 효율적으로 움직이게 만들었다고 보면 되오. 여기서 로이와 로제가 많이 도움이 되었소. 이 아이들이 가진 '정신 감응' 관련 스킬을 M3의 핵에 연결하니 M3 자체가 성장하기 시작한 것이오."

"호……."

M3는 완성되어 있었다. 더는 성장의 여지가 없었다. 아이템의 설명에 적혀 있기까지 하지 않았나. 그의 말인즉, 그 틀을 깨부쉈다는 뜻이다. 고개를 돌려 M3를 바라봤다. 이어서 심안을 열었다.

이름 : M3

능력치 :

　　힘 92(+5)

　　지능 0(+41)

　　민첩 91(+5)

　　체력 84(+5)

　　마력 85(+5)

잠재력 (352+61/340)

특이사항 : 처음부터 완성된 존재. 더 이상 성장하지 않고, 자아가
　　　　　필요 없기에 지능이 한없이 0에 수렴합니다. 하지만 주
　　　　　인의 명이라면 그게 무엇이든 수행하는 최강의 골렘입
　　　　　니다. M1과 M2보다 더욱 개선되었습니다.

　**핵이 네 개로 분열되었습니다. 하지만 리치 '가파람'에 의해 더
욱 효율적인 활용이 가능해졌습니다.

스킬 : 질풍(Ex U), 연계(Ex U), 로이와 로제(Ex U)

　특이사항에 숨겨진 옵션이 붙고 순수한 능력치 자체도 조
금이지만 변화했다. 게다가 보조 능력치가 생겨났고 '로이와
로제(Ex U)'라 불리는 이름의 스킬이 생성되어 있었다.

　변했다. 이런 것이 가능할 줄이야. 나조차도 놀랄 수밖에
없었다.

　'조합이나 강화 같은 것이 아니다. 순수한 기술로 변형을
시켰어.'

　하물며 이미 완성되어 있다고 특이사항에마저 적혀 있던
것을 말이다.

　'오스웬과 가파람, 드워킹이 서로 머리를 맞대면 쓸 만한
것이 나오겠군.'

　절로 궁금증이 생겼다. 이 셋이 힘을 합치면 무슨 작품이
나올지 상상도 되지 않았다.

"M3는 로이와 로제가 움직일 수 있소. 전투에서 많은 도움이 되었지."

언뜻 본 기억이 나는 것도 같았다. 네 마족과 티탄을 압살하느라 상대적으로 신경을 덜 쓰긴 했지만, 그 사이에서 움직이는 은빛의 갑주가 기억 속에 있었다. 그것을 로이와 로제가 조종했다니. 새삼스러운 눈길로 둘을 바라보자 로제는 콧대를 세우며 자세를 잡았고 로이는 부끄러운 듯 고개를 숙였다.

"이것도 연구의 일환이었나?"

"비슷하오. 제대로 공방과 장비가 갖춰졌다면 더 깔끔하게 해냈겠지만 말이오."

"좋다. 당장 300만 포인트를 투자하겠다."

"……!"

가파람이 움찔했다. 300만 포인트의 무게를 아는 것이다. 1년 8개월간 거의 원조가 없다시피 했으니 더욱 크게 다가왔으리라.

"정말이오? 300만 포인트라니……."

물론 그냥 투자만 하겠다는 건 아니었다.

"대신 오스웰, 드워킹과 함께 작업하도록. 서로 도움이 될 것이다."

가파람이 거칠게 콧김을 내뿜었다.

"드워킹이라면 당연히 환영하는 바이오. 그의 손재주는

내게도 확실히 도움이 될 것이오. 그런데 오스웬은 처음 듣는 이름이오만."

"황혼의 대장장이 오스웬. 들어본 적 없나?"

"모르오. 산속에서 연구를 진행할 적에 이름을 얻은 녀석인 모양이오. 그렇다면 그다지 대단할 건 없겠구려."

아무리 유명하대도 모르는 이가 있는 건 당연한 일이었다. 거기다가 오스웬은 본래 인간이었다. 서로 분야도 다르니 이해는 되었다.

"함께 작업하다 보면 반드시 도움이 될 것이다."

"흠…… 던전 마스터의 명이니 한번 같이 연구를 진행해 보겠소."

마치 선심이라도 쓰는 듯한 태도. 이 태도가 계속해서 유지될는지는 두고 보면 알게 되리라.

"포인트의 사용 권한은 이히에게 맡기겠다. 필요한 게 있거든 즉시 이히에게 말하라."

"알겠소. 후회하지 않을 것이오."

가파람이 짧게 고개를 숙였다.

내가 책을 접고 몸을 돌리려 하자 가파람이 급히 말했다.

"아, 내 조수들은 두고 가겠소. 공방을 지으려면 한동안 가르치지 못할 테니깐 말이오. 안 그래도 두 아이가 던전 마스터를 뵙고자 하는 열의가 대단했소. 잔심부름이나 시키면 될 것이오. M3도 훌륭히 조종할 줄 아니 여러모로 보살펴 주시오."

가파람…… 나와 함께한 시간이 적어서 그런지 나라는 마족을 잘 모른다. 아래에서 로제가 특히 눈을 빛내며 나를 바라보고 있었다.

'M3를 조종할 줄 알면 도움이 되겠군.'

어리다고는 하나, 아예 쓸모가 없진 않을 듯싶었다.

'다크 엘프 로드의 재목. 플로어 마스터의 소질이 있다.'

두 아이의 잠재력이 썩 훌륭하던 것을 되새겼다. 심안으로 확인한 결과 예상 그대로 훌륭히 성장해 있었다. 내가 조금 손봐주면 머지않은 미래에 강력한 마수로 발돋움할 것이다.

"남기고 가라."

하여 짧게 말했다.

"공방 건설은 바로 시작하겠소. 그럼."

가파람의 인사를 뒤로 나는 최상층을 향해 움직이기 시작했다. 그러나 두 아이는 쉽사리 움직이지 않았다.

"따라와라."

"네!"

내가 말하고 나서야 로제가 싱글 웃으며 크게 답했다. 로이는 들릴 듯 말 듯 작은 목소리로 답하며 함께 내 뒤를 따랐다.

Dungeon Hunter

가파람이 넘겨준 책의 내용은 방대했다. 날짜별로 잘 정리가 되어 있어서 머리에도 잘 들어왔다. 짧게 요약하자면 이런 식이었다.

『4월 5일. 판데모니엄이 던전을 눈치챈 듯 그 휘하 마족들의 공세가 시작되었다. 오쿨루스의 던전 주변에 감시자를 남겨둔 모양. 우리가 퇴각하는 것을 따라왔을 가능성이 높다.』

『4월 9일. 두 번째 전투. 무난하게 막아냈다. 그러자 마족들은 던전이 포함된 왕국, '한국'을 보급소로 사용하려는 듯 주변 전체를 감쌌다. 퍼밀리어의 이동도 자주 막는다.』

『5월 18일. 인간들의 반격이 시작되었다. 마족들의 공격이 주춤거린다. 인간 중 각성자라 불리는 부류는 '길드'를 필두로 마수와 전쟁을 선포했다.』

『8월 23일. '한국'의 수도 '서울'이 함락됐다. 보급소가 완성됐고 마족들은 본격적인 던전의 침략을 행했다.』

『12월 31일. 세계 곳곳에 수천, 수만의 천사가 강림했다. 대천사와 지품천사가 포함된 것을 확인. 마족들, 그중 '아리엘 디아블로'가 던전을 나와 자신의 존재를 세상에 공표한다. 한국은 여전히 네 마족에 의해 유린당하고 있으며 이날 던전의 7층이 뚫렸다.』

      …….

『7월 3일. 소수의 인간 각성자들이 마족에 의해 '포인트 가축' 취급을 당하는 것을 퍼밀리어를 통해 확인. 그들을 강제로 키우며 포인트를 벌고 강력한 마수를 소환함. 천사들이 던전 하나를 접수하며 세계의 지각변동을 예고했다. 이날 던전의 12층이 뚫렸다.』

…….

책의 내용은 하나같이 내 피가 되고 살이 되었다. 이것을 토대로 나는 돌아가는 정황을 어느 정도 확인할 수 있었다.

반나절 이상 움직이지 않고 독파했다. 책을 내려놓자 여전히 무릎을 꿇은 채로 이쪽을 바라보는 로제를 발견했다. 로이는 쥐가 났는지 얼굴을 잔뜩 붉힌 채 발을 주물러 대고 있었다.

"무엇을 그리 보고 있지?"

"던전 마스터님을 보고 있었어요."

답은 당연히 로제 쪽에서 나왔다. 그게 끝이 아니라는 듯 로제가 이어서 말했다.

"저는 던전 마스터님에 대해 알고 싶어요."

부담스러울 정도로 똘똘한 눈빛이었다. 주변에서 나에 대한 이야기를 많이 한 듯싶었다. 나에 대해 알고 싶다니. 참으로 맹랑한 녀석이다. 그와 반대로 로이는 얼굴이 새파래졌다. 나에 대해서 들었다면 내가 얼마나 단호하게 끊어내는지도 들었을 터.

잘못을 저질렀다고 여겨도 할 말이 없건만 로제는 의연하기 짝이 없었다. 내게 반항을 하려는 것도 아니니 개의치는 않았다. 그리고 어차피 이 둘은 플로어 마스터로 키울 작정이었다.

나는 자리에서 일어나 말했다.

"던전을 나가겠다. 채비하고 따라오도록."

서울 근교. 오십에 달하는 각성자가 비장한 각오로 주변을 살폈다. 조금의 방심도 허락하지 않겠다는 듯, 숨조차 쉽사리 내쉬지 않았다. 불과 1년 전만 하더라도 거대한 도시였을 장소는 이미 폐허가 되어 있었다.

해골이 사방 천지에 널렸고 까마귀 울음소리가 즐비하다. 곳곳에 균열이 생긴 아스팔트 도로, 토막 나고 방치된 자동차, 깨진 창문들. 생명이라곤 전혀 없는 장소였다. 죽음만이 가득했으며 어디선가 알 수 없는 흐느낌 같은 게 들려오는 것 같기도 하였다.

"정지."

선두에 선 각성자가 손을 들었다. 동시에 50에 달하는 인원이 멈춰 섰다. 공격대장 진우람, 그는 대원들과 함께 서울 근교에서 임무를 수행하고 있었다. 바닥에 새겨진 발자국들을 발견하곤 그것이 어디로 이어지는지 확인한 진우람이 고개를 주억였다.

"나흘 전 이쪽으로 대규모 마수가 이동을 시작했다. 발자국으로 보아 다수의 트롤과 소수의 오우거가 섞여 있는 듯하다. 동서방향. 숫자는 500으로 추정."

꿀꺽!

너 나 할 것 없이 모든 대원이 긴장하고 말았다. 이곳에 도달한 각성자의 숫자는 고작 50이었다. 한데 중급 마수인 트롤과 상급 마수인 오우가 부대가 무려 500이라는 소리였다. 아무리 이곳에 모인 자들이 정예라곤 하지만 정면으로 붙었다간 상대가 안 된다. 학살당할 뿐이었다.

"들어가실 작정입니까?"

대원 중 하나가 슬그머니 물었다. 무모하다. 냉철한 이성으로 판단하여 움직인다면 저 발자국을 따라가는 건 너무나도 위험했다. 하지만 진우람은 그들의 바람을 애써 무시하며 입을 열었다.

"수백에 달하는 각성자가 먹이처럼 사육당하고 있다. 그중에는 각 길드의 주요 멤버들이 포함되어 있지. 그들을 모두 잃으면 대한민국의 미래는 없다."

"하지만…… 며칠 전부터 마수들의 행동이 이상합니다. 매우 난폭해져 있는 상태입니다."

맞다. 왜인지는 모르겠지만 불과 며칠 사이에 마수들이 민감해져 있었다. 작은 것 하나에도 폭주하며 모든 걸 부숴 버린다. 까딱 잘못했다가는 어찌할 새도 없이 전멸을 면치 못할 것이었다. 대원들이 모두 아는 걸 진우람이라고 모를 리 없었다. 그러나 진우람은 자신의 소신을 끝까지 관철하였다.

"십 일 전, 드론으로 정찰한 결과 그들이 살아 있음을 확인했다. 생존자를 버리고 가겠다면…… 꺼져라. 내 앞에 다시 나타나거든 묵사발을 내버리마."

진우람이 이죽이자 침묵이 찾아들었다. 그러나 하고 싶은 말이 없는 것은 아니었다. 수백의 각성자가 살아 있음을 확인했지만 벌써 십 일이 흘렀다.

십 일!

사달이 벌어져도 진즉 벌어졌을 시간. 그사이 마수들은 폭주했고 몇이나 살아 있는지 재확인은 되지 않았다. 솔직히 희망적인 관측을 내놓은 이들은 거의 없었다. 이미 모두 죽었으리라고 은연중 확신하고 있었다.

그럼에도 진우람은 일말의 희망을 놓지 않았다. 그리고 그 희망에 따라 수백의 각성자가 생존해 있다면 판도가 뒤집힐 수도 있긴 했다.

낮은 가능성. 거기에 거는 건 50명의 목숨이다.

"여기서부턴 공중형 마수가 다수 포진해 있으니 최대한 몸을 숙이고 이동한다."

진우람이 가장 먼저 앞서 나갔다.

폐허가 된 서울, 그 속에서 50명의 대원은 실낱같은 희망을 찾아 움직이기 시작했다.

목표 장소가 머지않았다. 진우람과 대원들은 미리 준비한 트롤의 변을 몸 곳곳에 펴 발랐다. 역한 냄새가 코끝까지 스며들었지만 그들은 개의치 않았다. 이런 행위 자체가 익숙한 듯 능숙하게 작업을 행했다. 이어 은신 스킬과 탐지 스킬을 가진 각성자가 짝을 이뤄 정찰을 나섰다.

"이곳에서 500여 미터 떨어진 장소에 땅굴 하나가 파여 있을 것이다. 마수들의 눈길을 피해 그들의 생존 상황을 확인할 필요가 있다."

진우람의 표정은 진중하기 그지없었다. 당장에라도 움직여서 생존자들을 구하고 싶지만 그래도 확인이 우선이었다. 무모하게 움직였다간 이도 저도 안 되는 수가 있었다. 이곳에 모인 이들마저 전멸한다면 가뜩이나 좋지 않은 한국의 상황은 더욱 악화할 것이었다.

정찰조가 출발하고 대원들은 최대한 넓게 퍼졌다. 마수들의 움직임을 살피며 혹시 모를 상황에 대비하기 위함이다.

끄륵.

끄으으으으.

트롤들이 침을 진탕 흘려대곤 실핏줄이 다 터진 눈으로 주변을 둘러보았다. 불안하기 짝이 없는 태도. 안정이 되지 않은 것처럼 이빨을 드러내고 있었다. 간간이 섞여 있는 오우거도 흉흉한 살기를 감추지 못했다. 잘못 건드렸다간 저 마수들이 일제히 달려들 것이다. 상상만으로도 끔찍한 광경이었다.

'트롤이 대략 500, 오우거가 셋.'

진우람의 머리가 복잡해졌다. 한국에 잔류 중인 마수의 숫자는 대략 삼만으로 추정된다. 그중 500이라면 적은 숫자이지만 현재 한국에서 저 정도 숫자의 마수를 한꺼번에 제거할 수 있는 곳은 한정되어 있었다.

과거 5대 길드라 칭해지던 곳들도 거의 몰락한 상태이지 않은가. 갑작스러운 급습에 따라 통신은 끊겼고 살아남은 사람들이 모여서 하루하루를 영위해 나가고 있었다. 사실상 길드 전체가 무너졌다고 봐도 다를 게 없었다.

—생존자 발견. 이백 명 정도가 살아 있습니다. 상태가 무척 나쁩니다.

얼마 안 있어서 무전기가 울렸다.

이백 명의 생존자!

진우람이 주먹을 꽉 쥐었다.

'저들을 무사히 구출하는 데 성공한다면…….'

역전의 발판이 된다. 무너진 서울을 수복하고 마수들을 몰아낼 기초 말이다. 하지만 그 잠시의 기쁨은 방심이 되었다.

키에에에엑!

공중에서 몇 마리의 와이번이 이쪽을 발견하곤 크게 울부짖었다. 트롤의 변을 묻혔더라도 숨겨지는 건 체취뿐이었다. 맨눈으로 확인하면 그들은 어김없는 인간이었고 마수의 표적이었다.

구루룩.

구룩?

트롤들이 고개를 돌렸다.

쿵! 쿠우웅!

오우거도 육중한 몸을 움직였다.

"젠장!"

진우람이 욕지기를 내뱉었다.

와이번이 문제였다. 뒤쪽을 막고 방해를 해대는데 그 탓에 벌써 셋이 죽었다. 상황은 최악이었다. 이대로는 전멸을 면치 못한다. 이에 진우람과 대원들은 투쟁을 선택했다.

"미물들에게 인간의 힘을 보여주자!"

어차피 죽을 것이라면 마수 한 마리라도 더 데려가리라.

얕잡아 보일 순 없었다. 숫자가 적다고는 하나 이곳의 각성자 모두는 나름 한가락 하는 실력자였다.

저 마수들에게 인간이 그저 먹이가 아님을 알려줘야 한다. 인간이 가진 존엄성은 결코 마수 따위에게 짓밟혀선 아니 되는 것이었다.

최소 절반은 데려간다는 생각으로 모두가 전투에 나섰다. 그리고 검을 휘두르며 진우람은 무전기에 대고 외쳤다.

"우리가 시간을 끌며 미끼가 되겠다. 생존자들을 탈출시켜!"

죽음을 전제한 싸움. 자신이 죽는 건 괜찮다. 세상이 이렇게 변하고 소중한 이들은 이미 모두 죽었다. 더는 잃을 게 없으니 몸뚱이 하나 땅속에 묻힌다고 후회가 있을 리 없었다. 이곳에 모인 각성자 대부분이 그랬다. 그러니 죽는 한이 있어도 생존자들만큼은 구해낸다. 그들은 희망이다. 대를 위한 소의 희생이었다.

좌아악!

살가죽을 찢고 검이 박힌다. 피가 낭자했다. 대원들은 필사적이었다.

—대장!

"꾸물거리지 마라!"

무전기를 타고 흘러오는 다급한 음성. 그러나 진우람은 그들을 챙길 여유가 없었다. 사방이 둘러싸였다. 대원들도 벌써 열이 넘게 숨을 거뒀다.

'신이시여! 저희를 굽어살피소서. 저의 죽음은 마다치 않겠으니 부디! 부디!'

"크아아악!"

대원들의 비명이 시시각각 커져만 갔다. 50에 달하던 대원의 숫자가 순식간에 절반으로 줄었다. 이대로는 시간 끌기조차 되지 않는다. 조금 더 사기를 고취하며 버텨야만 했다.

진우람은 트롤 하나를 베어 넘기고 소리쳤다.

"우리는 인간이다! 우리는…… 강하다!"

10분만! 아니, 5분만이라도 버틸 수만 있다면 생존자들이 살아 나갈 가능성이 분명히 있다. 정찰조로 보낸 이들은 모두가 인정하는 실력자다. 몸을 숨기는 데에도 도가 텄다.

구어어어어!

하지만 오우거들이 합세하며 그것도 어렵게 되었다.

콰득!

쿵!

마치 하루살이처럼 밟혀 나갔다. 인간에게 존엄성이 있는가 싶을 정도로 허무하게.

끝인가? 정녕 여기까지란 말인가.

진우람이 입술을 깨물었다.

그렇게 모두가 조금씩 희망을 놓을 그때였다.

촤아아악!

은빛의 전신 갑주를 입은 기사가 질풍처럼 달려오며 마수들 사이에 난입했다. 기다란 랜스를 사정없이 휘두르자 한 번에 수십의 트롤이 버티지 못하고 나뭇잎처럼 쓸려 나갔다.

화르르!

검은색 불길이 날아들며 마수들을 태웠다. 진우람을 포함한 살아남은 이들이 자연스럽게 시선을 돌렸다. 동시에 눈을 크게 뜰 수밖에 없었다.

검은색 불꽃으로 이루어진 거대한 날개를 지닌 자! 해골 가면을 쓰고 흑색의 갑옷을 입었다. 단지 보는 것만으로도 압도적인 존재감이 느껴지는 자였다.

그르르르…….

마수들도 무언가를 느꼈는지 슬금슬금 물러나기 시작했다. 그러나 질풍처럼 달려온 은빛의 기사가 어김없이 처리하며 마수들을 빠르게 줄여 나갔다. 500의 마수를 전멸시키는 데 들어간 시간은 고작 10분이 걸리지 않았다.

그 광경에 모든 이가 할 말을 잃었다.

상황을 종결시킨 후 로제가 입을 열었다.

"어때요? 로제의 실력이? 로이는 구경만 했어요."

M3를 홀로 움직였다는 의미다. 나는 잠시 M3의 전투 광경을 떠올리다가 짧게 답했다.

"쓸데없는 기교가 너무 많다."

로제가 입술을 살짝 내밀었다.

"여왕님은 칭찬해 주셨는데……. 역시 마스터는 눈이 높으세요! 더 노력할게요."

그래도 포기하지 않는 자세는 훌륭했다. 전혀 어린아이답지가 않았는데, 모두 크리슬리의 영향인가 싶었다. 제대로 교육을 한 것이다. 모든 적을 사살한 M3가 천천히 이쪽으로 걸어왔다. 그 뒤에서 20에 달하는 각성자 무리가 멍하니 눈만 뜨고 있었다.

"대표가 누구지?"

"저…… 접니다."

곰과 같이 우람하게 생긴 이가 앞서 나왔다.

나는 잠시 심안을 열었다.

이름 : 진우람

직업 : 투사(용사)

칭호 :

  *등을 맡길 만한(R, 힘+4)

  *경지에 이른 투사(U, 힘체력+3)

능력치 :

  힘 62(+7)

  지능 55

  민첩 49

  체력 57(+3)

  마력 52

  잠재력 (275+10/368)

특이사항 : 없음

스킬 : 투사의 의지(U), 감각 활성화(R), 약점 파악(Ex U)

이 정도면 인간으로선 훌륭한 수준이다. 다른 각성자의 수준도 이에 절대 떨어지지 않았다. 어색하게 서 있는 진우람을 향해서 말했다.

"멀지 않은 곳에 다른 각성자들이 있더군. 같은 공격대인가?"

"아……!"

그제야 중요한 사실을 깨달았다는 듯 진우람이 무전기를 꺼냈다.

"마수들을 모두 처리했다. 합류하라."

—그게 무슨…… 정말입니까?

"외부의 조력이 있었다."

—알겠습니다. 바로 출발하겠습니다.

짧은 무전을 끝내고 진우람이 고개를 돌렸다.

"구해주셔서 정말 감사합니다. 저는 미스릴 길드 소속의 진우람입니다."

귀에 익다. 눈살을 찌푸리며 물었다.

"5대 길드?"

"맞습니다. 지금은 유명무실해졌습니다만…… 물론 이곳에 모인 모두가 미스릴 길드 소속인 건 아닙니다."

나는 지금까지 몇 개의 지점을 공략했다. 가파람이 남긴 책에는 그 지점의 정보까지 상세하게 적혀 있었기 때문이다. 하지만 생존자는 없었고 살아 있는 각성자를 보는 것 자체가 처음이었다.

"생존자들을 구출하기 위해 움직인 건가? 그런 힘을 갖춘 곳이 남아 있을 줄은 몰랐군."

"용인에 거점을 두고 모여 있습니다. 저…… 실례가 되지 않는다면 누구신지 여쭤봐도 되겠습니까?"

"사냥꾼이다."

"예?"

진우람과 대원들이 조금은 경각심을 가지는 기색이었다. 그러나 다크 엘프를 대동하고서 '천명회 소속 데빌헌터 공격대의 공격대장'이란 사실을 밝히기는 꺼려졌다. 전생과는 분명히 다르게 일이 진행되고 있었고 판데모니엄이라면 인간을 이용할 가능성이 아예 없진 않았던 탓이다.

어쩌면 내가 데빌헌터 공격대의 공격대장임을 이미 파악했을 수도 있었다. 전생이었다면 코웃음을 쳤겠으나 이미 금기를 깬 오쿨루스의 관례가 있었다.

'조심해서 나쁠 건 없다.'

한 치 앞을 내다보기가 힘든 상황. 고정관념은 과감하게 부숴 버릴 필요가 있었다. 생각을 정리하곤 대수롭지 않게 말했다.

"너희를 해칠 생각은 없으니 안심하라."

"죄송합니다. 제대로 소속을 밝히지 않으면 쉽게 믿을 수가 없습니다. 옆에 있는 두 다크 엘프의 정체도 심히 미심쩍은지라…… 구해주신 건 감사합니다만, 부디 저희가 경계를 풀 수 있도록 해주십시오."

진우람이 안절부절못하는 눈빛으로 입을 열었다. 어지간히 속이 타는 모양이었다.

그러나 로제는 대뜸 볼을 부풀렸다.

"여왕님의 말씀 그대로예요. 인간들은 정말 멍청해요. 마스터가 구해줬는데 왜 저렇게 의심을 할까요? 죽이려면 벌써 다 죽였겠다."

"가만히 있어라."

"……네에."

로제의 볼이 더욱 빵빵해졌다. 로이는 안절부절못하며 로제와 나만 번갈아 바라봤다. 둘 다 이히와 비견될 정도로 귀여운 모습이나 지금은 그것을 감상할 때가 아니었다.

"나는 남쪽으로 간다. 가는 도중 만나는 모든 마수를 없애버릴 참이다. 따라오려면 따라오되, 그러지 않겠다면 갈 길을 가라."

그 말을 남기며 몸을 돌렸다. 이에 로제가 인간들을 향해 입술을 내밀곤 바삐 내 뒤를 따랐다.

"……공격대장님."

"제기랄."

대원 하나가 입을 열었고 진우람은 이마를 짚었다. 곧 생존자 200이 추가되면 그들을 이끌고 용인으로 돌아가야 한다. 남쪽으로 내려가다가 마수라도 마주칠 경우 여력이 거의 없으니 엄청난 희생자가 발생할 것이었다.

그러나 진우람은, 살아남은 각성자들은 또한 보았다. 500의 마수가 제대로 반항조차 하지 못하고 전멸한 모습을. 인간이라고 여기긴 어렵다. 다크 엘프를 끌고 다니는 인간이 있다는 소린 들어본 적이 없었다.

정체불명의 남자를 따라가느냐, 온 힘을 다해 남쪽을 뚫어 보느냐.

잠시의 고민 끝에 진우람이 답을 내놨다.

"따라간다!"

기실 그들에겐 선택지가 없었다.

Chapter 49

수호신

Dungeon Hunter

던전으로 쳐들어온 마족들. 놈들이 데려온 마수의 절반은 던전 안에서 제거했다. 하지만 보급을 위해 한국 곳곳에 풀어둔 마수들이 아직 정리되지 않았다. 하지만 그런 것치곤 체류한 마수의 숫자가 제법 많다.

'다른 마족, 혹은 판데모니엄의 원조가 있었겠지.'

턱을 쓸었다. 지금쯤이면 휘하 마족들에게 문제가 생겼음을 알게 됐을 터. 다음 행동을 보이고자 준비 단계에 있어도 이상하지 않았다. 하여 나는 마수들을 쓸어버림과 동시에 강렬한 '존재'를 재생시킬 계획이었다. 그것을 이용해 판데모니엄에게 혼란을 주려는 것이다.

'특수 이벤트.'

전생에서도 몇 차례 일어난 바가 있는 '특수 이벤트'는 천사의 강림이나 잔혹한 사령관 막시움의 출현과 같이 뜬금없이 일어난 일을 가리킨다. 그리고 나는 그중 한 가지 이벤트를 일으킬 방법을 알고 있었다.

초월자의 영역에 발을 들이지 못했다면, 나락군주의 보물 창고로 말미암아 추가된 업적 상점의 물건이 없었다면 꿈도 꾸지 못했겠지만……. 작게 미소 지었다.

화르륵!

한 쌍의 커다란 검은색 날개가 등에서 넘실거린다. 타락을 사용해서 생긴 것과는 살짝 그 형태가 다르다. 내 오만이 마력을 잡아먹고 변형된 '아이템'이었다.

나는 잠시 천의 날개라 불리는 아이템의 설명을 떠올렸다.

이름 - 천의 날개(Epic)

설명 : 천 가지 종류의 마력을 담을 수 있다고 전해지는 날개.

　*사용자가 죽인 생명체의 마력을 흡수, 저장할 수 있다.

　*흡수한 마력에 따라 형태, 색깔 등이 변화.

　**한계치까지 마력을 채우면 '천의 소환문(Ex Epic)' 스킬을 한 차례 사용 가능.

　**저장된 마력양 - 445,344/1,000,000

에픽 아이템치곤 따로 붙은 능력치도, 스킬도, 칭호도 없었다. 심안처럼 숨겨진 옵션을 볼 수 없다면 그저 쓰레기라

불려도 이상하지 않을 아이템. 업적 점수를 5,000점이나 주고 살 것은 분명히 아니다.

하지만 숨겨진 옵션이 범상치 않았다. 제약이 있다지만 무려 익셉셔널 에픽 등급의 스킬을 사용할 수 있게 해주는 아이템이다. 게다가 그 스킬은 내게도 눈에 익은 것이었다.

이름 - 천의 소환문(Ex Epic)
설명 : 특정한 장소, 특정한 시간, 특정한 무언가를 가지고 있을 때, 소환문으로 고유의 마수를 소환한다. 소환된 마수는 소환자의 명령을 따르지 않으며 그 '고유성'에 따라 행동하게 된다.

애매한가?

그러나 나는 이와 비슷한 스킬이 발동된 전례를 안다. 그로 인해 무슨 일이 생겼는지도.

이보다 반 단계 낮은 '재래의 소환문(Epic)'이라 칭해지던 스킬. 인간 중 한 명이 가지고 있었으며 한국이 멸망하기 전 반전의 카드로 사용됐다.

막대한 재물과 희생을 대가로 강력한 '수호신'을 불러들인 것이다. 이후 소환된 것은 내 눈으로 보기엔 신이 아니라 조금 특이한 마수일 뿐이었지만, 어쨌든 강력했고 마족들의 침입을 저지할 수 있었다.

'천의 소환문'은 바로 재래의 소환문의 상위 호환 격 스킬이다. 마력만 모으면 큰 제약 없이 소환문을 여는 게 가능하다. 물론 단순히 마력만 모은다고 내가 바라는 마수가 소환되진 않는다. 여기에는 인간들의 도움이 있어야 한다.

'한국의 수호 마수를 깨운다.'

수호'신'이라니. 그냥 마수다. 하여간 나는 놈을 깨워서 판데모니엄에게 반격을 가할 작정이었다. 그러려거든 수많은 마수의 마력과 인간들의 '기원'이 필요했다.

'삼족오라 했던가.'

기억을 더듬어 본다. 당시 소환된 마수는 세 발 달린 거대한 새였다. 언뜻 보면 까마귀와 닮았다. 그리핀보다도 커서 태양을 가려 버릴 정도였다. 직접 부딪치지 않아 확실하진 않지만 그 강함을 수치화하자면 최상급 3Lv에서 4Lv 사이쯤은 되어 보였다.

문제는…… 소환자의 말을 듣지 않는다는 것. 삼족오는 확실하게 한국을 수호했지만, 변덕이 심했다. 쳐들어온 마족과 마수들을 잡아먹은 뒤보다 많은 재물을 요구했다. 번쩍이는 것을 좋아해 온갖 보석이나 재화를 백두산 천지에 쌓아두었다. 장난삼아 해일을 일으키는 등 장난기도 다분해서 인간들은 온갖 곤욕을 치렀다.

결국, 대공 우파에 의해 정리되었으나 수호자로서의 의지와 그 강함만큼은 확실했다.

'놈이 나를 보거든 바로 공격할 여지가 있다.'

나는 마족이다. 본능적으로 알아볼 여지가 없지 않다. 지저 세계에 다녀오기 전이었다면 이기기가 쉽지 않았을 터. 그러나 지금의 나는 충분히 수호 마수를 제압할 수 있다.

"마스터. 인간이 엄청 많이 따라와요."

로제가 흘끗 뒤를 돌아보곤 말했다.

삼 일째.

쉬지 않고 국토의 절반을 돌았다. 그러는 사이 마수를 제압하는 내 모습을 보고 수천에 달하는 인간이 몰려들었다. 수많은 인파가 지금 계속해서 내 뒤를 따르는 중이었다. 개중에는 민간인도 있었고 각성자도 다수 포함되어 있었다.

단 1분 1초도 쉬지 않으며 이동하는데 용케 여기까지 따라붙었다. 속도가 느린 것도 아닐진대 인간들은 필사적으로 나를 따르려고 했다. 입에 거품을 물면서 쫓아오니 말은 다 했다.

'소환문을 열고 수호 마수를 소환하려면 저들의 기원이 필요하다.'

수백 명 정도로는 턱도 없다. 수천, 수만이 그나마 마지노 선이다. 그렇지 않으면 내가 바라지 않은 마수가 소환될 가능성이 높았다.

"조금 쉬지."

작은 언덕 위. 바위에 궁둥이를 붙인 채 팔짱을 끼고 눈을 감았다. 그 뒤로 수천의 행렬이 멈춰 서며 잠시 휴식을 취했다.

로이와 로제.

둘은 던전 바깥을 나온 게 처음이다. 호기심이 왕성할 나이였고 특히 로제는 행동력까지 갖추고 있었다. 로이가 던전 마스터의 옆에서 그림이나 그리고 있을 사이에 로제는 움직이기 시작했다. 인간들의 틈바구니에 들어가 그들을 살펴보기로 마음먹은 것이다.

"오오, 구세주의 아이님······."

로제가 다가서자 몇몇 나이 먹은 인간이 무릎을 꿇으며 손을 올렸다.

겸허하기 짝이 없는 태도. 멈춰 선 로제가 눈만 깜빡이자 그중 노파 하나가 다가왔다.

"출출하지 않으신지요? 별건 아니지만 찐 고구마입니다. 한번 드셔보세요."

"찐 고구마?"

"예, 아주 달답니다."

품에서 고구마를 건넨 노파가 슬며시 웃었다. 뭉툭한 형태의 고구마 하나를 받아 들고 로제가 고개를 갸웃했다.

와구!

이어서 껍질째 씹었다.

"음…… 달아."

맛있다. 로제가 눈 깜빡할 사이에 고구마 하나를 먹어 치웠다. 설마 껍질째로 먹을 줄은 몰랐던 터라 노파가 잠시 당황했지만 이내 다시 사람 좋은 미소를 지었다.

"저…… 구세주의 아이님."

"나는 로제야. 그런데 구세주라면 마스터를 말하는 거야? 구세주가 뭐지?"

아무리 어른인 척 굴어도 로제는 어렸다. 명석하고 남보다 두 배 빨리 익혀도 시간적인 한계는 분명히 존재했다.

노파가 천천히 답했다.

"로제 님, 누구도 하지 못한 일을 하는 이를 우리는 구세주라고 부른답니다."

아!

로제가 손뼉을 쳤다.

"그러면 마스터는 구세주가 맞아. 여왕님은 항상 말씀하셨어. 마스터에게 불가능은 없다고. 마스터는 악의 꼬임에 의해 잠시 자리를 비웠지만 돌아오면 모든 악으로부터 우리를 구원하실 거라 하셨어. 실제로 그랬으니까. 마스터는 정말 대단한 거 같아."

음음.

로제가 고개를 주억였다. 정말이지 날마다 새로웠다. 여왕님, 크리슬리의 말은 틀린 게 없었다. 진실로 자신이 모셔야

할 분이라는 생각이 무럭무럭 들었다.

"모든 악으로부터……!"

"우리를 구원하실 분!"

"드디어! 드디어!"

인간들은 그것을 조금 다르게 해석한 모양이다.

그럴 만도 했다. 악의 꾐에 의해 자리를 비운 자. 돌아와 모든 악을 멸하리라. 어디선가 많이 본 구절과 같은 느낌을 주었으니…… 그들에겐 신처럼 보여도 이상할 게 없었다.

어느덧 로제의 주변으로는 수천에 달하는 인파 전부가 모여 있었다. 그들은 둥글게 원을 만들고 로제와 노파의 대화에 귀를 기울이는 중이었다. 이 정도의 관심은 로제로서도 처음이었다. 그래서 조금 우쭐해지는 면이 없잖아 있었다.

"너희는 걱정할 필요 없어. 왜인지 모르겠지만, 마스터는 너희들을 도와주려고 해. 여왕님은 마스터께서 이곳 인간들에게 '희망'을 주려 한다고 했어. 너무나도 가냘픈 존재이지만 그들의 가능성을 본다고. 마스터에게 검을 겨누지만 않으면 그 가능성을 꽃피울 수 있을 거래. 그런데…… 여왕님은 또 걱정하셨어. 인간들은 악을 좇기 더욱 쉬운 존재라서 힘을 얻은 뒤에는 마스터에게 검을 겨누지 않을까? 하고 말이야. 정말 그래?"

로제로서는 이해가 안 되는 점이었다. 인간이 멍청하단 말은 수없이 들었지만 지켜주고 힘을 준 존재를 거역하며 검을 겨누는 건 상상할 수가 없는 일이었다.

설마 그 정도로 멍청할까? 직접 인간을 만나게 된다면 이걸 꼭 물어보고 싶었다. 너희는 은혜를 원수로 갚는 족속이냐는 것을.

아무리 강해져도 마스터보단 약한 게 당연하다. 그조차 파악을 못 하고 죽음의 길을 가려는 종족이 있다는 게 퍽 신기했다. 종족의 위기에 몰린 것도 아니고 그냥 힘에 취해서 반역을 꾀한다니. 배은망덕의 정도가 아니다. 다크 엘프에게는 있을 수 없는 일이었다.

"아, 아닙니다. 오해입니다. 그런 인간이 아예 없다고는 하지 못하지만, 그보다 착한 인간이 더욱 많답니다."

"개체마다 다르다는 거야? 음, 잘은 모르겠지만, 마스터는 맺고 끊는 게 확실하셔. 그리고 무척이나 강하시지! 너희도 조심하는 게 좋을 거야. 혼자서 마족 넷을 죽인…… 헙!"

당황한 로제가 입을 가렸다. 그러자 주변의 인간들이 들썩이기 시작했다.

"마족 넷을?"

"설마……."

"맙소사!"

어찌 모르겠는가. 어느 날 불현듯 찾아와 대한민국을 쑥대밭으로 만든 마족들을!

그들의 숫자가 정확히 넷이었다.

디펠라, 아나스타샤, 아모른, 제네랄드!

이름도 모두 외웠다. 적어도 이곳에 모인 이들 중 저 넷의 이름을 모르는 이는 없었다.

한데, 죽었다고 한다.

궁금증이 가득 석인 눈초리가 로제에게 향했다. 그것을 무시하며 로제가 등을 돌렸다.

"아, 몰라. 나는 갈 거야. 마스터께서 3시간을 쉬고 움직인댔으니까 그렇게 알고 있어."

이윽고 로제가 마스터에게 시선을 던지며 언제 당황했냐는 듯 배시시 웃었다. 마스터가 직접적으로 말은 안 했지만 자신의 역할이 이런 거라는 걸 로제는 은연중 눈치채고 있었다.

인간들이 희망을 품게 해주고 따르도록 하는 것! 아니라면 굳이 마스터가 인간들을 기다리거나 따라오게 할 필요가 없다. 영악한 로제는 그 사실을 눈치챈 뒤 어느 정도 사실을 섞어서 이들에게 말했다.

덕분에 인간들의 믿음은 더할 나위 없이 굳건해졌다. 마족의 언급은 위험했지만, 마스터가 마족이라는 사실만 안 들키면 그만 아닌가. 저들의 눈빛이 '선망'으로 바뀌었다. 이제 마스터가 불을 물이라고 표현해도 믿는 자들이 나타날 것이다.

'저 잘했죠?'

로제는 어리지만 눈치가 빨랐다. 심리를 다루는 법을 로제는 본능적으로 알고 있었다. 그래서 자신이 낸 답이 정답일 것이라고 어느 정도 확신하고 있었다.

'맞다!'

그러다가 로제가 급히 몸을 돌려서 노파에게 말했다.

"찐 고구마 두 개 더 없어? 마스터에게 드리고 싶은데…….."

하나는 마스터, 나머지 하나는 자기가 먹으려는 셈이었다. 로이는 안중에도 없었다. 생전 처음 먹어보는 찐 고구마는 그 정도로 맛이 있었다.

오 일 차.

백만 마력 중 팔십만 가량의 마력을 모았다. 마수의 숫자도 처음보다 많이 줄어서 이제는 찾기 어려운 수준이었다. 합류한 인간의 숫자 역시 꾸준히 늘었다. 벌써 2만을 돌파했다. 중간에 지쳐서 탈락한 숫자까지 합치면 그 배는 넘어가리라. 그들은 나에 대해서 알고 싶어 했다. 하지만 은연중 내가 벽을 쳐 둬서 정작 다가오는 이는 없었다.

'정체를 밝힐 필요는 없지.'

마족인 것도, 데빌헌터 공격대의 공격대장인 것도 굳이 밝힐 필요는 없다.

중요한 건 신비성이다. 베일에 가려진 채 독주해야 저들이 더욱 내 존재를 승화시킨다. 그런 의미에서 로제의 행동은 꽤 도움이 되었다.

적당히 보일 듯 말 듯 궁금증을 최대한으로 증폭시키는 선에서 내 좋은 점만을 토로한 덕택에 몇몇 인간에게 나는 '신앙적' 존재가 되었다.

마족에게 신앙이라. 퍽 웃기는 이야기지만 앞으로 행할 일을 따지면 나쁘지 않았다. 소환문을 열어 수호 마수를 소환하려면 저들의 기원, 염원 따위가 필수적이다. 그리고 수호 마수는 어느 정도 인간들의 기원에 따라 움직이게 되어 있다. 저들이 나를 더욱 따른다면 은연중 수호 마수에게도 영향력을 끼칠 수 있을 것이었다.

그렇게 충실한 계획을 따라 움직이길 몇 시간이 더 지났을까.

늦은 저녁.

하늘에 걸린 달이 만월을 이뤘을 때, 전투를 벌이고 있는 인간 무리를 발견했다.

"워터 붐!"

"전뇌검!"

좌르륵!

콰지징!

모인 인간의 숫자는 50에 달했다. 그들 모두가 각성자였으며 다수의 마수를 상대로 접전을 펼쳤다. 그중 몇몇의 안면을 나는 뚫어지라 쳐다보았다.

"은혜야! 뒤에!"

"뒤는 저한테 맡기고 오크 로드를 죽여요!"

"에드워드…… 망할!"

익숙한 이름이 귓가를 울렸다.

바로 데빌헌터 공격대의 대원들이었다.

시선을 옮겨 마수들을 바라봤다. 숫자가 많다. 일반 오크부터 샤먼, 대전사, 로드까지 종류별로 모여 있었다. 그 숫자가 자그마치 천 마리는 되어 보인다. 하지만 숫자의 우위도 내가 나타남으로 인해 풍비박산이 났다. 1만에 달하는 인간의 무리가 나의 뒤를 따르고 있었던 것이다.

나는 가만히 손을 들었다.

동시에.

화르르르륵!

오만의 불길이 공중에서 거대하게 생성되었다. 이어 손가락을 가리키자 검은색의 화염구가 오크 로드를 향해 달려 나갔다.

콰르르릉!

거대한 폭발. 오크 로드는 순식간에 만신창이가 되었고 주변의 오크들은 시체조차 남기지 못한 채 증발하였다.

"오오, 구세주님……."

"구세주님!"

나를 따르던 인간들의 무리 중 상당수가 무릎을 꿇으며 이 광경을 지켜보았다.

며칠간의 강행군. 배는 곯았고 체력은 바닥이 났다. 각성 자들도 마찬가지다. 저들을 움직이는 원동력은 오로지 나에 대한 믿음뿐이었다.

그들에게 나는 신의 사자였으며 어쩌면 신 자체였다.

악을 징벌하는 징벌자. 정의를 대변하는 수호자.

무슨 형식으로든 마음 깊숙이 나라는 '존재'가 투입했음은 분명했다.

1년이 넘도록 고통당한 끝에 나타난 구세주!

인간이 아닌 다크 엘프를 끌고 다녀도 이제는 상관이 없는 지경이었다. 오히려 그런 비인간적인 모습들 하나하나가 더욱 강력하게 틀어박히는 요소로 작용한 것이다.

인간답지 않은 면모가 많을수록, 마수와 같이 잔인하고 냉정할수록 아이러니하게도 인간들은 더욱 내게 끌렸다.

나로서도 조금은 의아한 경우였지만 결국 그들은 괴물을 원했음이라.

괴물을 멸절할 진짜 괴물을!

'나보다 부합하는 자는 없지.'

사냥꾼은 본디 괴물을 잘 알아야 한다. 그래서 괴물이 되어야 한다. 그런 의미에서 보자면 나보다 저들에게 믿음을 줄 이로 어울리는 자는 없었다. 이만한 인간의 신앙을 끌어낸 마족은 내가 아는 한도 내에선 없었다. 원망과 분노, 공포 등을 느끼게 한 마족은 넘쳐났지만 말이다. 묘한 감각이었으나 나쁘지 않다.

화아아악!

한참이나 마력을 흡수한 날개가 더없이 넘실거린다. 그 크기가 벌써 5m를 넘었다.

날개에 마력을 주입하자 곁으로 수백 개의 작은 불덩이가 솟아 나왔다. 스킬 오만과 천의 날개를 함께 이용하면 이런 것도 가능하다.

쾅! 쾅! 쿠르릉!

쏘아진 화염구가 대지에 작렬했다. 지진이라도 난 듯 땅이 흔들리며 자욱한 안개가 피어났다.

쿼익!

꾸이익!

단번에 이백에 달하는 오크가 쓸려 나갔고 광폭해진 오크들이 내게 시선을 돌렸다. 그중 뼈가 보일 정도로 전신이 타버린 오크 로드가 대검을 들며 달려왔다.

여태껏 상대하던 데빌헌터 공격대의 대원들은 안중에도 없단 태도. 하지만 오크 로드는 내게 닿지 못했다.

채엥! 푸욱!

M3가 거침없이 나아가 오크 로드를 단 두 합 만에 제압한 것이다. 싸움의 여파로 지친 상태였고 내게 큰 상처를 입혔

다고 하지만 그걸 모두 고려해도 M3의 위력은 꽤 놀라웠다.

"못생긴 오크 주제에 어딜 마스터한테 달려들어?"

"마, 맞아."

로제가 허리에 양손을 올린 채 콧방귀를 끼었다. 그 옆에서 로이가 작게 고개를 주억였다. 그러는 사이 데빌헌터 공격대의 대원들도 놀지는 않았다. 숫자상으로 밀렸다고는 하나, 그들은 현명하고 슬기롭게 상황을 타개할 줄 알았다. 실력 자체도 군더더기 없이 뛰어나서 한 번 잡은 기회를 절대 놓지 않았다.

"워터 붐! 은혜야!"

"일렉트로닉 쇼크!"

물의 마법사 이지혜가 마수들이 모여 있는 방향에 거대한 물의 폭탄을 생성했다. 뒤를 따라 번개의 정령에게 가호를 받는 유은혜가 강렬한 전기를 난사했다. 거침없는 연계였고 그에 따른 폭발력도 상당했다.

콰아아아앙!

콰지지직!

공중의 물 폭탄이 터짐과 동시에 전기를 머금은 물방울이 오크들을 적셨다. 물에 의해 가죽이 옅어진 틈을 타 전기가 여과 없이 신체를 관통했고 삼십가량의 오크가 몸을 잘게 떨며 바닥에 몸을 눕혔다.

당황한 오크들의 사이에서 에드워드가 미쳐 날뛰었다. 기다란 롱소드가 한 번 스칠 때마다 어김없이 오크의 머리 하나가 공중을 날았다.

다른 대원들도 이 셋에 비할 바는 아니나 훌륭했다. 지금까지 본 각성자들 중에선 능히 최고 레벨이라 할 수 있었다.

'잘 성장했군.'

의도치 않게 자리를 비웠으나 그간 데빌헌터 공격대는 더욱 탄탄해진 모습이었다. 나는 개입을 멈춘 채 그들의 전투를 조금 더 지켜보기로 마음먹으며 심안을 열었다.

이름 : 유은혜

직업 : 용사(번개의 마법사)

칭호 :

　*번개를 열 번 맞은(R, 마력+4)

　*정령의 존재를 깨우친(U, 마력+7)

　*마법사의 기초를 닦은 자(U, 힘민체+3)

능력치 :

　힘 55(+3)

　지능 78

　민첩 63(+3)

　체력 61(+3)

　마력 66(+11)

　잠재력 (323(+20)/423)

특이사항 : 번개 정령의 가호를 받고 있습니다. 수없이 벼락을 맞
　　　　　은 탓에 임맥(任脈)과 독맥(督脈), 생사현관(生死玄關)이
　　　　　강제 타통된 상태입니다.
스킬 : 전뇌검(Ex U), 일렉트로닉 쇼크(U), 전력 강화(U, Passive)

이름 : 이지혜
직업 : 용사(물의 마법사)
칭호 :
　*물 위를 걷는 자(U, 지능마력+4)
능력치 :
　힘 33
　지능 75(+4)
　민첩 29
　체력 32
　마력 75(+4)
　잠재력 (244+8/277)
특이사항 : 없음
스킬 : 물의 장벽(Ex R), 워터 붐(U), 워터 마인드(Ex U)

이름 : 에드워드 윈저
직업 : 용사(전사)
칭호 :

*몰아붙이는 전사(Ex U, 힘+8)

*무기 파괴자(U, 힘체력+4)

능력치 :

힘 67(+18)

지능 49

민첩 60

체력 74(+4)

마력 41

잠재력 (291+22/441)

특이사항 : 저주받은 마검 '브레이커'의 선택을 받았습니다.

스킬 : 무통증(U), 무기 파괴(Ex U), 전력질주(Ex R), 난투(U)

적용 중인 스킬&아이템 효과 : 마검 브레이커(Ex U, 힘+6)

유은혜와 에드워드 윈저의 성장이 눈부셨다. 단순 능력치
만 따져 봐도 두 배 이상 성장한 모습. 제법 등급이 높은 스
킬이나 칭호마저 손에 넣은 걸 보면 그간 얼마나 열심히 자
신을 갈고닦았는지 알 수 있었다.

과연 회귀 전 인간 중 가장 강하다던 '10강' 안에 들어간
이답다. 비록 유은혜는 그 안에 끼지 못했으나 그와 비등하
다고 평가를 받지 않았던가.

지금 상태로도 충분히 상급의 마수들과 일전을 치르는 게
가능하다. 실제로 유은혜는 오크 로드를 맞이하여 밀리지 않

는 싸움을 벌이고 있었다.

"헉, 허억!"

"미친 오크 새끼들! 갑자기 튀어나오고 지랄이야!"

걸걸한 입담과 함께 오크와의 전투를 끝마쳤다. 대원들은 모두 상당히 지쳐 있었다. 그래도 은연중 내 쪽을 바라보며 관심을 가졌다. 가질 수밖에 없었다. 일만을 넘는 인간이 내 뒤를 따르고 있었고 그들이 신앙처럼 따르는 내가 상황을 반전시켰으니…….

가장 먼저 다가온 건 이지혜였다.

"도움에 감사드려요. 저는 천명회 소속, 데빌헌터 공격대의 임시 공대장 이지혜예요."

이지혜가 손을 내밀었다.

나는 현재 인피니티 아머를 입고 천의 날개를 착용하고 있었다. 거기다가 해골 가면을 쓰고 있어서 나를 알아차리지 못한 것 같았다. 확실히 '겉'만 보자면 나는 분명하게 달라졌다. 신장도 더 커졌으니 쉽사리 알아차리진 못할 것이다.

나는 빤히 그 손을 바라보다가 몸을 돌렸다.

이지혜가 당황한 듯 외쳤다.

"저, 저기요? 잠깐! 멈춰 봐요! 그 가면, 어디서 났죠? 그 가면은 우리 데빌헌터 공격대의 상징이라고요!"

품속에서 비슷하게 생긴 가면을 꺼내며 흔들었다. 이후 따라가려고 하자 로제가 앞길을 막았다.

"꼬리 치지 마!"

"꼬리? 아니…… 그보다, 다크 엘프……?"

이지혜의 눈이 커졌다.

다크 엘프라니!

예전, 드워프와 잠시 거래를 튼 적이 있지만 그들과 달리 다크 엘프는 공격적이었다. 마수로 분류되었고 어두운 던전에선 주의 대상이었다.

그런데 다크 엘프가 지금 인간들과 함께하고 있었다. 어찌 놀라지 않을 수 있겠나.

그러거나 말거나 로제는 작게 혀를 차며 말했다.

"요정님이 말씀하시길 마스터 주위로 여자가 꼬이는 걸 내가 막아야 한다고 그랬어. 흥, 여왕님보다 못생겼으면서 그래도 보는 눈은 있나 보네."

이히와 로제는 간혹 어울렸는데 그때마다 이히는 로제에게 몇 가지 충고 아닌 충고를 해주곤 했다. 여자와 관련된 이야기도 그중 하나였다. 하지만 아주 어린 다크 엘프가 악담을 늘어놓으니 이지혜로선 당황스럽기 짝이 없었다.

"……뭐 하는 분들이죠?"

"인간들은 우리 마스터를 '구세주'라고 불러. 남들이 하지 못하는 일을 하는 자!"

"구세주……."

이지혜의 시선이 뒤쪽을 향했다. 거의 일만에 달하는 이들이 오로지 한 사람을 따르고 있다. 엎드려서 절을 하며 이마를 땅에 거세게 부딪친다. 그들이 외치는 단어는 오로지 '구세주'뿐이었다.

로제가 휙! 고개를 돌렸다.

"우리는 바빠. 따라오려면 따라오고 말라면 말아. 가자, 로이."

"으응."

로이의 손을 잡고 로제가 느긋하게 걸어 나갔다.

이지혜의 표정이 복잡해질 찰나 유은혜와 에드워드가 다가왔다.

"언니, 어떡할 거야?"

"모르겠어. 가끔 들리는 라디오에서 언급된 사람이 맞는 것 같은데……."

통신이 모두 죽은 것은 아니다. 마수들은 보급 창구를 끊고, 물자의 유입을 막고, 사람들마저 갈라놨지만 주기적으로 통신을 해오는 이들이 있었다. 그중 '구세주께서 오셨다'며 자신의 위치를 알리는 이가 존재했는데 데빌헌터 공격대가 여기까지 나온 것도 그 정체를 확인하기 위함이다.

"나, 저 사람…… 왠지 모르게 익숙해."

가면을 쓰고 떠나간 남자. 유은혜는 그의 뒷모습을 떠올렸다. 무뚝뚝하며 자기 할 일만 하는 남자. 이지혜도 그를 알았다.

"잊기로 했잖니? 이미 죽은 사람이야. 살아 있어도 우리 안에선 죽은 이야."

"어쨌든…… 결정은 언니가 해. 데빌헌터의 공격대장은 언니니깐."

유은혜가 푹 한숨을 내쉬었다. 눈 밑에 그늘이 져 있었다.

이지혜는 잠시 고민하다가 고개를 끄덕였다.

"합류하자. 보아하니 각성자도 많은 것 같아. 사람이 많은 게 지금 같은 시기엔 도움이 될 거야."

침공은 갑작스러웠고 무척이나 빠르게 진행됐다. 마족과 마수들…… 놈들은 인간의 약점이 무엇인지 파악하고 있는 듯이 전광석화로 한국을 점령해 나갔다. 미처 반응하기도 전에 수도가 박살이 났다. 모일 수 있었다면 모였겠지만, 적은 영리했고 인간이 뭉치는 걸 용납하지 않았다.

한데…… 뭉쳤다. 뭉쳐서 뚫고 있다. 모일 수만 있다면 마수들도 두렵지 않다.

'누굴까? 정말 구세주인 걸까?'

모르겠다. 한 가지 확실한 건 상상을 초월할 정도로 강하다는 점이다. 단박에 오크 로드와 수백의 오크를 박살 낸 저력. 은연중 최강자라 생각하던 유은혜도 흉내 내지 못할 일이다.

분명히 익숙한 느낌은 났지만, 그자가 지금 같은 시기에 이곳에서 '구세주'라 불리며 있는 건 말이 안 된다. 애써 부정한 이지혜가 뒷정리를 시작했다.

인간은 무섭다. 무언가를 믿기 시작하고 깊이 빠져들면 주변이 전혀 눈에 들어오지 않게 된다. 믿음 외에는 없고 그것만이 영광으로 가는 길이라 착각한다. 물론 그 믿음이 원동력이 되어 '삶'을 갈구하게 하는 선순환을 이룰 수도 있겠지만 광신도적인 자세는 폐해가 더욱 큰 경우가 많았다.

우우우우우.

오오오오오.

작은 감탄사 같은 소리가 주변은 채운다. 질서정연하게 도열하여 노래도 아닌, 그렇다고 신음도 아닌, 해괴하기 짝이 없는 소리를 계속해서 내고 있었다.

"사람들이 이상해요."

에드워드가 주변을 둘러보다가 한소리를 내뱉었다.

"이상하지 않아."

하나 유은혜가 부정했다. 현재 그들은 제일 뒤에서 따라오고 있었다. 구세주에 대한 믿음이 건실한 자만이 앞으로 나갈 수 있다는 말에 하는 수 없이 뒤에 설 수밖에 없었다.

"누나, 이상하지 않다니요? 암만 봐도 이상한데……."

"모든 게 무너졌어. 있어야 할 게 없어졌고. 아무것도 보이지 않을 때…… 누군가가 앞을 밝히며 손을 내밀어준 거야. 저들에게 구세주란 그런 거야."

중얼거리듯 말했지만 유은혜도 불과 2년 전까진 그토록 따르던 이가 있었다. 자주 사라져도 위험할 때면 어김없이 나타나 광명을 비춰주는 남자가 있었다.

하지만 그는 이제 없다. 이미 세상은 멸망 가도를 달리는 중이었고 위험할 때면 나타나던 그도 끝내 모습을 보이지 않았다. 소중한 사람들이 죽어 나갈 때도…… 보금자리를 잃었을 때도…….

"하긴, 누나가 갑자기 사라지면 나도 미칠 거 같아요."

"이상한 소리 말아. 넌 혼자서도 살 힘이 있어."

"힘만 있으면 뭐해요? 정작 내가 바라는 건 없는데…… 헤헤."

장난기 가득한 표정으로 에드워드가 웃었다. 그제야 암울한 분위기가 조금은 걷힌 듯했다. 그 옆에서 이지혜는 기나긴 행렬을 바라보다가 입을 열었다.

"대체 어디로 가는 걸까?"

대답은 다른 곳에서 들려왔다.

"천국의 땅이오. 근심과 걱정이 없는 장소로 구세주는 우리를 인도하고 있으신 게요."

지나가던 사람 중 하나가 눈물을 뚝뚝 흘리며 말해온 것이다.

하지만 이에 이지혜가 반박했다.

"천사들을 믿나요? 그들은 마족을 멸하는 걸 더 중요하게 생각해요. 인간들은 뒷전이에요."

"그들은 천사의 탈을 쓴 가짜요! 진짜 천국으로 향하는 길은 오로지 구세주님만이 알고 계신단 말씀이오! 구세주님과 그의 아이들을 따르면 우리는 천국으로 갈 수 있소."

"벌써 그곳으로 가기엔 제 나이가 너무 젊네요."

"믿음이 부족한 자! 아직도 구세주님의 행보에 의심을 가지고 있는 게요?"

이지혜가 힘을 줘서 답했다.

"저 사람이 강한 건 알겠어요. 우리가 어쩌지 못한 마수들을 처리해 줘서 고마워요. 그렇지만 그가 가는 길의 끝에 천국이 있을 것 같지는 않아요."

지나가던 행인은 통탄하듯 한숨을 내쉬었다. 그러자 다른 행인들이 합류하여 이지혜를 빙 둘러쌌다.

"그대는 이 대열에 낄 자격이 없소!"

"이단자다!"

"이단자!"

격한 반응이 이어졌다. 갑작스러운 사태에 이지혜는 당황할 수밖에 없었다.

"믿지 않는다고 이단자라뇨? 잠깐, 멈춰요!"

사람들이 머리카락이며 옷 등을 마구 잡아채자 이지혜도 더는 가만히 있을 수 없었다. 데빌헌터 공격대의 대원들이

이지혜를 구출했고 대치가 이뤄졌다.

"못생긴 여자!"

그때 돌연히 들려온 목소리.

"아?"

"오오, 구세주의 아이님……."

마치 모세의 기적이라도 보는 것만 같다.

다크 엘프 여아가 나타난 즉시 사람들이 길을 터줬다.

이지혜를 힐뜯던 행위도 거짓처럼 멈췄다.

여아는 이지혜와 데빌헌터 공격대의 앞에 서서 말했다.

"마스터가 앞으로 나오래. 너하고 같이 온 사람 모두! 그
렇다고 꼬리 치면 로제가 용서하지 않을 거야. 오로지 여왕
님만이 마스터의 옆에 있을 수 있어. 알았어?"

그 여왕님이 누구인지 전혀 감이 잡히지 않았다. 그러나
재차 물을 수도 없는 분위기였다. 자기 할 말만 남기고 로제
가 휙 몸을 돌렸다.

"구세주시여!"

"오오오오……."

"우우우우……."

이윽고 사람들이 개구리처럼 몸을 납작하게 숙였다.

"언니, 가자."

유은혜의 말소리에 이지혜가 정신을 차렸다.

"그, 그래. 가야지……."

이지혜가 침을 꿀꺽 삼키며 걸어 나갔다.

사자의 입속으로 들어가는 것만 기분이었다.

정확히 십 일 차.

한국에 체류 중인 대부분의 마수를 몰살시켰다. 나를 따르는 인간의 숫자는 기하급수적으로 늘어나 벌써 3만에 이르는 대규모 무리가 되었다. 그리고 그와 동시에 뜬 업적 하나.

[최초로 3만이 넘는 인간의 '신앙'을 얻는 데 성공했습니다.]

[판독 영역 외의 업적입니다. 비슷한 업적과 보상을 찾습니다.]

[한 명당 0.001의 업적 점수를 얻습니다. 소수점 이하는 반올림됩니다.]

[업적 점수 35점이 추가됐습니다.]

이런 것도 있었던가? 보상 자체는 있으나 마나였지만 추후의 가능성을 보자면 충분히 눈여겨볼 만한 시스템 창이었다. 삼만이 아니라 수천만에 달하는 인간이 나를 신뢰하게 된다면 업적 점수로 몇만에 달하는 수치를 얻는 게 가능한 것이다.

지금처럼 늘어나는 추이를 보면 불가능할 것도 없었다. 물론 그 시간에 다른 작업을 하는 게 더 빠를 것 같긴 하였지만 부가적인 수입이라 생각하니 절로 고개가 주억여졌다.

뭐든지 얻어서 나쁠 건 없었다. 하물며 그것이 업적 점수와 관련된 것이라면.

"멈춰라!"

부산의 마수들을 초토화하고 다시 위로 올라가려는 찰나였다. 장갑차와 총을 든 수많은 군인이 내 앞을 막아섰다.

헬기, 전투기 따위는 보이지 않았다. 마족과 마수들이 가장 먼저 친 곳이 공군기지와 보급소라고 들었다. 저만한 지상 병력이 아직까지 남아 있는 것은 의외였다.

여태껏 내가 활개를 쳐도 아무런 소식이 없다가 이제야 모습을 드러낸 저의는 뻔히 읽혔다. 보나 마나 마수들이 제거된 걸 알고 슬금슬금 튀어나온 것이리라.

가장 선두에서 확성기로 소리치는 남자는 별 세 개가 달린 모자를 쓰고 있었다.

"우리는 서울을 수복할 계획이다! 협력해라!"

그 뒤로 몇 마디를 더 하긴 했지만 별 내용은 없었다. 강제성을 띤 '협력'만을 주야장천 외쳐 대고 있는 꼴이었다.

"사람들을 버리고 갈 때는 언제고……!"

"저 악랄한 새끼들! 마수가 사라지니까 튀어나와? 그전까지는 나 몰라라 방관했으면서!"

"구세주께서 마수들을 제거하니 숟가락을 얹겠다는 거야

뭐야!"

내 뒤를 따르는 사람들의 반응은 한결같이 격했다. 대충 이야기를 들어보니 마수들의 공습이 본격화되자 사람들을 버리고 땅끝까지 후퇴를 한 것 같았다.

그곳이 진지를 구축하고 필요 없는 사람은 과감하게 버려 가며 지금까지 버텨온 것이다. 생존자들의 입장에선 혈압이 뻗지 않을 수가 없었다.

"군인이 버텨야 대한민국이 버틴다! 한정적인 자원, 보급이 전혀 없는 상황에서 자급자족하려면 다른 방법이 없었다. 하지만 이제는 아니다. 서울을 수복하고 해로를 열면 이전과 같이 안락한 생활이 가능하다! 내부적으로 개발한 코어를 이용한 기술도 벌써 실용화 단계에 왔다! 각성자들은 협력해라! 함께 서울을 수복하자!"

무력시위와 다를 게 없었다. 군인과 무기를 앞세워서 사람들을 강압적으로 끌고 가려는 셈이다. 하지만 이쪽의 숫자가 훨씬 많았고 각성자도 다수 포함되어 있었다. 하물며 그들이 '신앙적'으로 믿는 내가 있었다.

"퉤!"

"개소리!"

사람들은 침을 뱉고 불신했다.

"마스터, 왱왱 시끄러워요. 저 물건은 뭔가요?"

귀가 예민한 로제는 인상을 잔뜩 찌푸리고 있었다.

"확성기라는 거다."

"저거 없애 버려도 될까요?"

척.

대답 대신 나는 한 발 앞으로 나아갔다.

그 순간 잡음이 사라졌다. 불만을 토로하던 사람들도, 열변을 토하던 군인도 모두 침묵하는 시간을 가졌다. 하지만 분위기는 터지기 직전의 화약고와 같았다.

화아아아아!

나는 오만의 불꽃으로 거대한 구를 만들었다. 검은색 불꽃이 태양과 같이 둥그런 형태로 하늘에 떠올랐다. 장갑차보다 두 배는 커진 불꽃은 계속해서 확장하다가 순식간에 압축되었다.

내 마력 수치는 110에 달한다. 모든 능력치 중 가장 높았고, 그로 말미암아 사용되는 스킬은 설령 등급이 낮은 것이라 하더라도 그 이상의 파괴력을 선사할 수 있었다. 에픽 등급의 스킬이라면 두말할 것도 없다.

쿠아아아아앙!

손을 뻗자 압축된 구가 지척에 있던 산을 강타했다.

짧은 폭음. 족히 700m는 되어 보이는 산이 부지불식간에 증발해 버렸다. 현재의 인간에게 있어선 불가능한 영역. 그야말로 '권능'이라 칭해도 이상할 게 없는 능력이다.

"……"

확성기를 통해 시끄럽게 외치던 군인은 그 광경을 보곤 침묵하고 말았다. 그뿐만이 아니라 지켜보는 모든 이가 마찬가지였다.

어찌 할 말이 있겠는가.

천외천.

하늘 바깥의 또 다른 하늘이었고 마치 꿈속을 노니는 것만 같았다. 그런 것들을 보는 얼빠진 표정이었다.

이건 경고다. 더 시끄럽게 굴면 저와 같이 만들어버리겠다는.

"신이다."

"신이야……."

구세주를 뛰어넘어 이제는 신이라는 칭호마저 얻었다. 그리고 그 중얼거림은 내 뒤의 사람들에게서만 들려오는 게 아니었다. 군인들, 그들도 마찬가지로 인간이었다. 마찬가지로 몰려 있었고 나에 대한 것들을 사람을 통해, 기계를 통해 접했을 터였다.

객체마다 인간이 다르다고는 하지만 큰 줄기는 같은 법이다. 나는 이미 신앙을 얻었고 따르는 무리가 수만을 넘긴다. 그리고 재현 불가능한 이능 또한 보였으니 전의를 상실해도 할 말이 없다.

툭!

툭!

몇몇 군인이 총을 놓기 시작했다. 그러자 들불이 번지듯 차례차례 무기를 내려놨다. 장갑차 안에 있던 이들은 해치를 열고 나와서 양손을 들었다. 적대적인 의사가 없다는 행동을 확실하게 취했다.

"이놈들! 뭐 하는 거냐!"

"하, 하지만 보셨지 않습니까? 인간은 신에게 거역할 수 없습니다."

군인들도 강렬하게 동요하고 있었다.

구어어어어!

바로 그때, 내가 날려 버린 산 근처에서 비명이 들렸다.

쿵! 쿵!

장신의 거인이 거대한 몽둥이를 들고 달려온다. 본래 두 개였어야 할 머리 중 하나가 날아갔지만 그 존재감만큼은 압도적이었다.

트윈 헤드 오우거!

지상에선 최강이라 칭해지는 마수 중 하나. 산 근처에 있다가 공격을 받고 상처를 입은 모습이다. 흉포한 입김을 내뿜으며 미친 듯이 달려오고 있었다.

적어도 일반적인 인간은 절대로 상대할 수 없는 종이라 정평이 나 있었다. 트윈 헤드 오우거가 나타난 장소는 아비규환이란 말이 어울릴 정도로 파괴되게 마련이었다. 흉측한 몰골과 크기가 더해져 사람들은 본능적으로 공포를 느꼈다.

사아아아!

천의 날개가 더욱 팽창했다. 날개라고 이름 붙인 것처럼 마음먹기에 따라서 하늘을 날 수도 있었다. 나는 땅을 박차고 수직으로 날아 트윈 헤드 오우거와 부딪쳤다.

쿠르릉!

트윈 헤드 오우거는 둔하고 동작이 크지만, 대신 힘이 굉장했다. 다른 건 몰라도 힘 하나는 100에 달하는 수치를 보유하고 있었다.

하지만 그건 나도 마찬가지다.

105.

도리어 트윈 헤드 오우거보다 높다. 나는 놈이 휘두르는 몽둥이를 양손으로 받아내며 그대로 밀어 나갔다.

이상을 느낀 트윈 헤드 오우거가 잠시 멈칫했다. 순수한 힘 싸움으로 자신이 밀리리라곤 상상조차 한 적이 없을 것이다. 마수도, 마족도 트윈 헤드 오우거와 힘을 겨루는 건 피했으니 말이다. 그러나 나는 놈의 공격을 정면에서 받아냈다. 몽둥이를 잡고 놔주지 않았다.

쿵!

이윽고 트윈 헤드 오우거가 바닥에 몸을 눕혔다. 발버둥 치며 자리에서 일어나려고 했지만 이미 한쪽 머리를 잃은 탓에 균형을 잡지 못했다.

나는 황제의 검을 꺼내 들었다. 그리고 놈의 목에 검을 꼽고 좌악 그었다.

푸악!

튀긴 피가 몸을 적셨지만 개의치 않았다. 이내 트윈 헤드 오우거가 숨을 멈췄다.

"신……."

"수호신!"

너 나 할 것 없이, 그 비슷한 단어를 입에 담았다.

수호신이라? 나와는 정말 안 어울리는 이름이다.

나는 한 차례 검을 털어내고 몸을 돌렸다.

이어 군인들을 향해 걸어 나갔다.

꿀꺽!

군인 모두가 긴장했다. 나는 멈추지 않으며 천천히 걸었고 바로 가까운 거리까지 다가섰다. 말은 필요 없었다. 가장 앞에 선 군인의 눈을 바라보자 그가 옆으로 비켜섰다. 그것을 본 다른 군인들도 재빨리 다리를 움직여 길을 텄다.

그렇게 밀집해 있던 군인들이 갈라지며 길이 생겼다. 내가 그 중앙을 뚫으며 나가자 사람들이 따르기 시작했다.

날개의 마력을 전부 모았다. 마수들은 씨가 말랐고 사람의 숫자는 더욱 불어나 4만에 이르렀다.

'때가 되었다.'

이제 소환문을 열 차례였다. 전생에서 나타난 삼족오. 놈이 소환된 장소를 떠올린다. 마찬가지로 그곳에 가서 천의 소환문을 열면 삼족오가 나타날 가능성이 높다.

천의 소환문은 특정한 시간, 특정한 장소, 특정한 물건에 반응하여 마수를 소환하는 스킬이다. 적어도 장소는 맞춰줄 필요가 있었다.

나는 국경선을 넘어 북한으로 향했다. 북한의 상황은 남한보다 심하면 심했지 덜하진 않았다. 이곳은 아예 사람 자체가 보이질 않았다. 막아서는 이가 없으니 진군은 훨씬 빨랐다.

이미 한 차례 쓸고 지나간 듯 마수들도 거의 없었다.

약 삼 일을 더 강행군한 결과 나는 목적지에 다다를 수 있었다.

고개를 들어 하늘까지 맞닿은 산을 올려다보았다.

백두산.

최종 목적지에 도착한 것이다.

백두산 천지에는 안개가 자욱했다. 백만의 마력을 모두 채운 날개는 그 안갯속에서도 유난히 눈에 띄었다.

사람들은 긴장했다. 그들이 바라던 천국으로 향하는 길이 이곳에 있다고 생각하는 듯싶었다.

마족에게 천국을 바라다니. 망상이 따로 없다. 설령 가능하다고 하더라도 굳이 그곳의 문을 열고 싶지는 않았다.

내가 여는 건 어디까지나 소환문이다. 대공 판데모니엄에게 혼란을 주기 위한 작업에 불과했다. 그들의 바람이나 소망은 내 알 바 아니다.

하지만 그들의 '기원'이 있어야 했다. 천국으로 가고 싶다는, 행복해지고 싶다는 그 기원은 소환문을 열고 마수를 소환하는 데 커다란 도움을 줄 것이었다.

"천의 소환문."

홀로 호수의 근처까지 다가가 스킬명을 입에 담았다.

바로 그 순간……

위이이잉—

날개가 연기를 흩뿌리는 것처럼 사방으로 퍼져 나갔다. 몸집을 키우며 조금씩 공중에 원 하나를 그렸다.

[스킬 '천의 소환문(Ex Epic)'이 사용되었습니다.]

[소환문이 성공적으로 열렸습니다!]

입가에 미소를 지었다. 마치 혼이 빨려 들어가듯, 인간들의 마력이 소환문으로 조금씩 끌려가고 있었다. 저 마력은 바로 저들의 기원이 만들어낸 힘이다.

과연 전생에서처럼 삼족오가 소환될지는 확실하지 않다. 그러나 이 정도 규모라면 필시 평범한 마수가 소환되진 않을 터.

찌억! 찌억!

원의 공간이 찢긴다. 그 뒤를 따라 기다란 몸이 통과했고 그 존재는 곧 지상에 착지했다.

족히 30m는 되어 보이는 크기. 날씬한 몸과 네 개의 발. 기다란 얼굴과 털.

날카로운 눈이 내게로 향한다. 너는 누구냐는 듯 탐색하는 기색이 강하다.

삼족오는 아니었다. 전혀 다른 마수다.

나는 마수의 전신을 살폈다.

특이한 점이라면…….

소환된 마수는 아홉 개의 꼬리를 가지고 있었다.

이마 위에 놓인 외뿔은 마치 유니콘이 떠오르게 했지만 근 저에 흐르는 마력은 굉장히 이질적인 것이었다. 신성력에 가 까우나 그렇다고 신성력이라 부르기엔 모호한.

언뜻 보면 사슴과 비슷하다. 그러나 얼굴은 용과 닮았다. 말의 굽을 가지고 있었으니 그 정체가 의심스럽다.

키메라인가?

여러 생명체를 조합해서 만든 키메라라면 저와 비슷한 형 태를 만들 수는 있을 것 같았다. 하지만 키메라라고 보기엔 생명력이 넘친다. 정체를 알 수가 없었다. 제대로 확인을 하 기 위해서 나는 심안을 열었다.

이름 : 기린

능력치 :

힘 105

지능 100

민첩 90

체력 80

마력 105

잠재력 (480/???)

특이사항 : '모왈기빈왈린(牡曰麒牝曰麟)'이라 하여, 수컷은 '기(麒)'
라 하고 암컷을 '린(麟)'이라 부른다. 털 달린 짐승의 우
두머리이며 사방의 중심을 맡는 신성한 신수이다. 본
래는 존재하지 않는 상상 속의 신수이나 수많은 인간의
기원 속에서 태어났다.

스킬 : 신성화(Epic), 기린아(Epic), 상상 결계(Ex Epic), ???, ???

심안의 등급이 에픽으로 올랐음에도 불구하고 물음표로
표기되는 게 있었다. 아무래도 전혀 다른 마력의 흐름 속에
서 움직이기 때문이 아닌지 예상할 따름이다.

'본래는 존재하지 않았다.'

나는 특이사항의 그 문구를 주시했다.

한마디로 '창조'됐다는 말.

하기야 진짜 신이나 신수가 소환된다면 균형이 단번에 어

그러진다. 삼족오도 용을 잡아먹는다고 알려졌지만 내가 본 바로는 마룡에 비하면 반 끗발 정도 밀렸다. 삼족오 역시 이와 비슷한 과정을 거친 것이리라.

구우우우우!

기린이 울었다. 멀찌감치 떨어져 있던 사람들도 자연스럽게 그 존재를 알게 되었다.

"기린……!"

"오오, 진짜 수호신이 나타나셨다!"

하지만 환호는 잠시였다. 주변 세계가 반전되기 시작한 것이다. 태양이 아홉 갈래로 늘어났고 산 위는 어느덧 바다가 되었다.

즉시 결계임을 알아차렸다.

성스러운 신수. 내 본질을 알아차리곤 공격적인 태세로 접어든 것이다.

'단순 능력치상으로는 내가 우위이나…….'

문제는 스킬이다. 상상 결계 스킬만 하더라도 익셉셔널 에픽 등급이었고 뒤에 물음표로 표기된 두 개는 무엇인지 감도 잡히지 않았다.

'그냥 지나치진 않을 것 같군.'

기린은 거대한 몸집을 움직였다. 나를 밟아버리고자 곧장 말굽을 내리찍었다.

콰아앙!

동시에 해일이 덮친다. 상상 결계. 모든 게 허구이지만 허구가 아니다. 이곳에서 상처를 입으면 실제로 다치게 된다. 인간들을 따로 격리해서 이 결계 안에는 오로지 나와 기린만이 존재했다.

인간들은 결계 바깥에서 나와 기린의 싸움을 그저 지켜볼 따름이었다.

어찌한다…….

찰나의 고민. 그러나 답은 뻔했다.

황제의 검을 꺼내 들었다. 검이 까맣게 물들고 주변의 모든 빛을 집어삼켰다. 아홉 개로 늘어난 태양 빛이 무척이나 따가웠지만 다크 소드를 발현하자 조금은 나아졌다.

"그 버르장머리를 뜯어고쳐 주마."

지저 세계를 다녀오기 전이었다면 쉽지 않았을 터다. 막상 마주하니 졌으리란 생각이 강하게 들었다. 하지만 그곳을 다녀온 이후 나는 한계를 깼다. 한 발자국이 아니라 열 발자국은 더 나아간 셈이다.

물론 죽이진 않을 것이다. 먼저 힘으로 굴복시킨 뒤 내 의도대로 따라가게 할 필요가 있었다. 이만한 녀석이라면 판데모니엄에게 경각심을 심어주기엔 적합하다.

그뿐만 아니라 인간들의 태도로 보아 이 기린이라는 걸 꽝장히 신성시하는 것 같았다. 그와 마찬가지로 기린은 인간들에게 따로 해를 끼치려는 움직임도 보이지 않았다.

기린과 인간들을 조화시켜 판데모니엄의 던전, 혹은 그 휘하 마족들의 던전을 친다. 그렇게만 된다면 한 달이 아니라 몇 달의 시간을 더 벌 수 있을 것이다.

콰르르릉!

맑은 하늘에서 수많은 벼락이 내리꽂혔다.

단순 능력치만 보자면 내가 밀릴 건 하나도 없었다. 힘 수치를 제외하면 모든 게 내가 높았으므로. 하지만 능력치만큼 중요한 게 스킬이다. 이 상상 결계는 생각보다 까다롭기 그지없었다.

왜 상상 결계인지를 여실히 보여줬다. 현실에선 불가능한 이적들이 이 결계 안에선 끊임없이, 연쇄적으로 일어났다.

하읍!

기린은 아홉 개의 꼬리를 바짝 세우며 아홉 개의 태양 중 하나를 삼켰다. 그러곤 숨을 크게 들이쉬더니 태양을 내뱉었다.

화르르륵!

세상을 삼켜 버릴 듯 다가오는 태양을 바라보며 나도 조금이나마 경각심을 느꼈다.

'대충은 못하겠군.'

진지하게 임해야 할 듯했다. 대충 손을 봐주는 선에서 끝날 것 같지는 않았다.

"파라노말."

[파라노말의 축복!]

[높은 마력(110)과 지능(105) 보정으로 마력의 상승률이 1.2배 상향되었습니다.]

[30분간 마력이 +6 상승합니다.]

전과 달라진 점이라면 또 있었다. 초월한 능력치로 말미암아 아이템의 효율이 증대된 것.

장인은 도구를 가리지 않는다는 말처럼 내가 사용하자 도구의 한계 이상의 효과가 나타난 듯싶었다.

어쨌거나 이로써 내 마력은 116에 달하게 되었다. 이는 기린을 한참이나 웃도는 수치이며 저 태양을 정면으로 깨부술 힘이었다.

나는 오만의 불꽃을 더욱 강렬하게 태웠다. 거기에 뇌신의 힘까지 더했다. 일전 티탄을 쓰러뜨릴 때 사용했던 힘이다.

'출력 싸움이라면 밀릴 것도 없지.'

상상 속의 세계라고는 하나, 나는 그 상상조차 깨부술 초월적인 능력의 소유자였다. 애당초 초월이란 의미 자체가 현실을 벗어나 있는데 상상 결계 안이라 하여 그 영향을 크게 받을 것도 없었다.

단지…… 좀 귀찮을 뿐. 오만의 불꽃과 뇌신의 힘이 합쳐

지자 다가오는 태양과 비슷한 형태를 이루었다. 나는 그것을 냅다 던졌다.

직후 태양과 부딪혔고 꽈르르르릉! 소리와 함께 거대한 폭발을 일으켰다. 상상 결계의 모든 범위를 태워 버렸으며 동시에 결계 끝에 금이 가기 시작했다.

쩌저적!

압도적인 출력의 여파를 결계가 견뎌내지 못하는 것이다.

기린은 잠시 당황하며 뿔을 높이 치켜세웠다. 뿔이 타오르며 결계를 더욱 강화하였다. 금이 가던 결계가 다시 원상 복구되는 데 걸린 시간은 찰나와 같았다.

'부숴야겠군.'

이 결계는 귀찮다. 지금도 계속해서 나를 노리고 각종 천재지변이 덮쳐 오고 있었다. 땅이 솟아나거나 꺼지거나, 용암이 해일처럼 달려들기도 했다. 그것을 버티지 못할 육신이 아니지만 마냥 맞아줬다간 끝이 없었다.

나는 다시 한 번 오만의 불길을 끌어모았다. 조금 전과 다르게 최대한도로 부딪쳐서 결계를 깨부술 작정이었다.

치익! 치이이익!

뇌신의 힘을 빌리는 게 아니라 아예 뇌신 자체를 오만의 불길 속에 넣었다. 뇌신은 마음에 들지 않은 듯 잠시 멈칫했으나, 이내 포기하고 섞여 들어갔다.

거대한 힘이 곧 주먹만 한 크기로 압축되었다. 하나 안에

든 힘은 전과는 비교할 수 없이 커다랬다.

손 위에 든 그것을 결계를 향해 던졌다. 빠른 속도로 나아간 압축된 힘이 결계에 부딪히자 마치 블랙홀처럼 주변의 모든 걸 빨아들였다.

결계의 방어막도 마찬가지였다. 마치 쥐어뜯듯이 결계가 무너지며 구의 안으로 흡수되었다.

기린의 외뿔이 더욱 강렬하게 불타올랐지만 부서지는 속도보다 재생 속도가 느리다. 이대로는 머지않아 결계가 부서질 판.

—멈추세요!

그때 불현듯 머릿속을 울리며 웬 여자의 목소리가 들려왔다. 기린이 내게 심상으로 전한 것임을 단박에 알아차렸다.

—이 힘이 새어 나가면 바깥의 모든 인간이 죽습니다!

오호라.

단순히 결계가 무너지면 나와의 싸움이 힘들 것으로 판단해 결계를 재생하는 줄 알았다. 이제 보니 바깥의 인간들을 걱정해서 저러는 모양이었다.

바깥 인간들의 기원으로 태어난 신수이기 때문일까?

그보다 대화가 통한다. 일이 더 쉬워졌다.

나는 녀석의 제대로 된 저의를 알고 싶었다.

"저들을 지키고 싶은가?"

—사악한 자! 어찌하여 저 무고한 인간을 모두 죽이겠다는

겁니까?

"무슨 소리인 줄 모르겠군. 먼저 공격한 건 너다. 나는 되받아친 것에 지나지 않아."

—아무리 그래도……!

나는 날개를 활짝 펼쳤다. 이어 기린과 대치하며 피식 웃었다.

"저들은 부랑자다. 갈 곳을 잃고, 할 일을 잃고, 나만을 의지한 채 여기까지 도달했다. 저들의 기원이 너에겐 닿지 않은 건가? 진정으로 저들이 원하는 게 자신의 생명일 것 같은가?"

아니다. 나를 따르는 인간의 대부분은 이제는 편해지고 싶어서 이곳에 왔다. 더는 고통받는 게 두렵고 싫어서, 그래서 '천국'을 운운하며 나를 따른 것이다. 자신의 목숨 따위는 크게 신경 쓰지 않았다.

그들의 기원을 흡수한 기린이 그를 모를 리 없었다. 고개를 돌려 지상의 불안정한 인간 무리를 바라봤다.

"저들은 이제 누구라도 상관없는 거다. 내가 악하다고 하더라도 저들의 복수를 해주겠다면 능히 악한 나를 따를 것이다. 낙원으로 데려가 주겠다면 나보다 더 악한 놈이 있더라도 따를 터다. 그 기원을 너는 알고 있음에도 내 본질만을 보고 공격했다."

인간들을 끌고 온 건 나다. 그들이 진정으로 믿는 것도 나다. 기원 속에는 그러한 믿음도 포함이 되어 있을 것이었다.

　—그럼 당신은 악하지 않다는 건가요?

　이제 막 태어나서 제정신이 아닌 걸까? 내 말을 전혀 다르게 해석한 것 같아서 재차 정정해 주었다.

　"나는 악하다. 누구보다 악하지. 그러나 그 악이 아무에게나 적용되진 않는다. 내가 인정한 자, 혹은 내 적이라 불리는 놈들. 내 악이 적용되는 대상은 크게 이 둘뿐이다."

　인간들은 아직까진 논외다. 내게 이빨을 들이밀지 않았고 설령 들이민다 하더라도 크게 개의치 않을 수준에 불과했다. 기린도 그 뜻을 드디어 이해했는지 심상 속으로 목소리를 전해 왔다.

　—그럼…… 알겠어요, 당신을 인정합니다. 그러니 결계를 부수는 행위를 멈추세요.

　"한 번 나간 힘을 회수하는 법 따윈 모른다. 알아서 해라."

　팔짱을 낀 채 나는 방관자가 되었다. 30m에 다다르는 거대한 몸집의 기린이 질린 듯 고개를 돌렸다. 그리고 몸을 부들부들 떨며 결계를 재생하는 데 주력했다.

　결계를 해제하고 기린이 지상에 내려왔다. 이미 나에 대한 적대감은 사라졌으나 상당히 피로한 모습이다. 하지만 할 일이 있는 듯 기린은 멈추지 않으며 사람들의 앞에 섰다.

　기린의 전신에서 불꽃이 타오르더니 점차 모습을 변형시

키기 시작했다.

이윽고 알몸의 여인이 기린을 대신하여 자리에 나타났다. 타는 듯한 붉은색 머리를 지닌 몽환적인 여인이었다. 이마에 난 하나의 뿔이 아니라면 인간과 크게 다를 바도 없었다.

하지만 그 자태에 사람들은 잠시 넋이 나갔을 정도다.

"나의 이름은 린. 당신들의 기원으로 이곳에 왔습니다."

꿀꺽!

사람들이 침을 삼켰다. 모두가 집중하며 여인을 바라봤다. 단순히 아름다워서만은 아니다. 범접하지 못할 분위기를 그녀는 지니고 있었다.

"하지만 나는 당신들을 천국으로 데려다줄 수 없습니다. 그와 비슷한 '꿈'을 꿀 수 있도록 하는 건 가능하지만, 그것은 어디까지나 상상 속에 불과합니다. 진정으로 그것을 원합니까?"

침묵이 찾아왔다. 단지 상상만 하는 건 이미 숱하게 해왔다. 그들은 현실로서 행복해지길 바라고 또 바라는 중이었다.

린이 이어서 이야기했다.

"나는 모르겠습니다. 하지만 당신들을 괴롭힌 자들이 나도 무척이나 밉습니다. 우리의 땅을 짓밟고 소중한 걸 앗아간 자들. 나는 그들을 벌할 것입니다."

후우웅!

뿔이 다시금 타올랐다. 타오른 불꽃이 퍼지며 수만의 사람에게 하나씩 흡수되었다.

이윽고 그녀가 힘을 담아 읊조렸다.

"그리고…… 모든 혼란을 종결시킬 자가 이곳에서 나타납니다. 그는, 혹은 그녀는 성군이 될 것이며 이 나라의 진짜 수호자가 될 겁니다."

나는 유심히 그 장면을 지켜보았다. 기린이 인간들에게 불씨를 심었다. 어떤 종류의 불씨인지는 모르겠지만, 저것이 아마도 '기린아(Epic)' 스킬이 아닐까 싶었다.

특정한 계기를 겪으면 발현하는 불씨. 거기다가 성군란 결국 지도자라는 뜻이다. 이곳에 모인 수만의 군중 속에서 한국을 이끌 진정한 지도자가 나타난다는 것을 의미했다.

인간들의 얼굴에 홍조가 서렸다. 그들은 본능적으로 기린의 정체를 알아차리고 자신의 할 일을 깨달은 것 같았다. 어쩌면 기린이 심상으로 인간들을 조종하는 것을 수도 있겠다.

아무튼 이로써 나는 할 일을 전부 했다.

'전할 말은 전부 전했다.'

상상 결계 속에서의 일이다.

나는 기린에게 이 인간들을 짓밟은 진정한 적이 누구인지 알려주었다.

잠시 조금 전의 대화를 떠올렸다.

"판데모니엄. 놈과 놈의 휘하들이 이 땅을 짓밟았다. 짓밟았다. 나와 같은 마족이나, 그는 이 세계의 멸망을 원하고 나는 그의 멸망을 원한다. 선택은 자유다. 여기서 나를 적대하겠나, 아니면 인간들과 함께 판데모니엄을 치겠는가?"

"당신은 그의 멸망을 원하면서 우리를 돕지 않겠다는 건가요?"

"나는 마족이다. 인간들의 복수를 대신해 줄 순 없다. 그래서 너를 소환한 것이다."

"그 판데모니엄이라는 자가 당신과 비슷한 수준이라면 힘겨운 싸움이 될 겁니다."

"굳이 그를 칠 필요는 없다. 이번에 그의 휘하 마족 네 명이 죽었다. 나는 그들의 던전 위치를 알고 있지. 판데모니엄이 급히 마수나 마족을 파견했겠지만 그 숫자는 적을 터다. 그곳을 쳐라. 그리하면 복수의 진정한 발판이 마련될 것이다."

"복수의 발판……."

"나는 인간의 멸망을 바라진 않는다. 그보단 다른 마족들의 멸절을 원한다. 잘 생각하고 행동하라. 진정으로 네가 적대시해야 할 건 내가 아니다."

지금 내게 중요한 건 다른 마족의 던전이 아니다. 시선을 돌리고 시간을 버는 게 훨씬 중요하다. 말이 최소한 한 달이지, 궤도에 오르려거든 몇 달이 있어도 부족하다.

그 시간을 기린과 인간들이 끌어줄 것이었다.

더불어서 던전 공략에 성공하거든 가파른 전력의 상승도 맛볼 수 있으리라. 나는 언젠가 그들을 다시 지휘하며 제대로 다른 마족의 던전 공략을 시작하면 된다.

기린은 이미 판데모니엄 휘하 마족의 던전을 치기로 마음을 굳힌 상태다. 여기선 굳이 내가 나설 필요가 없었다.

'이제……'

몸을 돌렸다.

이끌 자와 따를 자들이 결정됐으니 더 이상의 안내자는 필요 없으리라. 시기를 봐서 다시금 나타나는 게 오히려 더욱 '신비감'을 줄 수 있을 것이다.

인간들은 그런 걸 좋아하는 편이므로. 모르면 모를수록, 무서우면 무서울수록…… 혹은 신비할수록 더 잘 따르는 성향을 가지고 있었다.

"구세주님!"

"어디를……"

내가 등을 돌리자 인간들이 기겁하며 달려왔다. 그중 가장 먼저 도착한 게 유은혜였다.

"잠깐만요!"

유은혜는 번개의 마검사다. 번개처럼 빠르게 움직이는 것 또한 가능했다.

그녀가 앞을 막아서며 눈을 치켜떴다.

"당신은 누구죠? 그간 지켜봤어요. 하지만 도무지 모르겠어요. 왜 저에게 이런 익숙한 느낌을 가져다주는 거죠?"

대답하기 전까진 절대 보내주지 않겠다는 의지가 느껴진다. 나는 백두산 천지의 중심부에서 이동 스크롤로 사라질 작정이었으나, 잠시 고민 끝에 입을 열었다.

"너에겐 아직 알 권리가 없다."

"익숙한 목소리예요. 분명히 익숙한데…… 기억이 안 나요. 안개가 낀 것처럼. 그냥…… 그냥 알려주면 안 되는 건가요? 그런 것을 아는 데 권리가 꼭 필요한가요?"

"강해져라. 모든 인간을 발밑에 두어라. 너에겐 그럴 자격이 있으며 그때는 네가 알고 싶었던 모든 것을 알게 될 것이다."

불과 1년 8개월 사이 그녀는 몰라보게 강해졌다. 전과는 비교도 할 수 없는 강자가 되었다. 그러나 그것은 어디까지나 인간의 기준에 지나지 않는다.

지금과 같은 성장세를 유지한다면 시간문제이긴 하겠지만 나는 더욱 빠른 성장을 원했다.

하여, 나는 품에서 양피지 두 장을 꺼냈다.

고급 수련의 방. 그것을 열 수 있는 일종의 티켓이다.

"그리고 더욱 빠르게 강해지고 싶다면 아무도 없는 곳에서 이것을 찢어라. 나머지 한 장은 가장 성장 가능성이 높은 이에게 전하면 될 것이다."

기대 이하의 성장을 이루었을 경우엔 전해 주지 않았을 터였다. 그러나 유은혜와 에드워드 윈저는 내 기대치보다 더 높은 성장을 이루고 있었다.

전생과는 달리 급격하게 변하는 현재 시대에서 인간들이 너무나도 쉽게 무너져선 안 된다. 끝까지 버티며 응전을 해 줘야 나로서도 많은 이득을 취할 수 있었다.

기린의 말마따나 유은혜가 지도자로 발돋움한다면 그것도 나쁠 건 없었다.

인간들의 진정한 힘은 결집에서 나온다.

그 구심점이 되어 마족들을 타파하고 나는 뒤에서 그녀를 조종한다.

나쁘지 않은 전개다.

"……."

양피지 두 장을 건네받은 유은혜의 표정이 묘하다. 양피지 와 나를 번갈아 쳐다보며 끝내 입술을 꽉 깨물었다. 두고 보 자는 듯.

'판데모니엄이 경각심을 가지게 하면 충분하다.'

놈은 나의 생환을 모르고 있다. 그래서 연락이 끊긴 마족 들의 수배를 하고자 대규모 부대를 보내올 가능성이 있었다. 바로 그럴 때 비어 있는 던전이 일제히 공격을 받게 된다면 움직이려는 부대를 돌릴 수밖에 없다.

그 과정에서 인간들의 피해도 상당히 불어나겠으나 크지는 않을 것이다. 설혹 전멸에 가까운 피해를 보더라도 유은혜와 에드워드는 산다. 수련의 방에 들어서는 순간 그곳을 클리어하기 전까진 나올 수 없기 때문이다.

"로이, 너는 남도록."

"예, 예에?"

만에 하나를 위한 대비다. 단순히 지켜보며 내게 경과를 보고하는 것쯤은 로이라도 할 수 있을 터. 로이를 통해 내가 지시를 내릴 수 있는 상황이 성립된다면 치고 빠지는 전술이 훨씬 쉬워진다.

로제가 허리에 손을 얹은 채 말했다.

"마스터 말씀 못 들었어? 그리고 마스터께선 두 번 말하는 거 되게 싫어하시거든? 로이, M3도 내가 가져갈게. 버팀목이 있으면 넌 매번 기대기만 하잖아? 이참에 그 소심한 성격을 좀 고쳐 봐!"

쌍둥이 남매임에도 로제는 매정하기 그지없었다.

로이가 울상을 지었다. 차마 거절할 수가 없어서 발만 동동 굴렸다.

"마스터, 이제 갈게요?"

그러거나 말거나 로제는 전혀 흔들림이 없었다.

내가 고개를 주억이자 로제는 이동 스크롤을 좌악! 찢었다. 그와 동시에 빛이 번쩍이며 두 인영이 백두산 천지에서 모습을 감췄다.

던전으로 돌아오니 가장 먼저 나를 맞이한 건 이히였다.

"오셨어요, 마스터."

천천히 배꼽 인사를 하며 웃음기를 지웠다. 퍽 정숙해진 모습이지만 은연중의 어색함을 지울 수가 없었다. 저걸 연기라고 한다면 발도 아니고 발가락 연기라 자평할 수 있겠다.

"크리슬리와 타쉬말은 돌아왔나?"

"예, 안 그래도 두 시간 전에 도착했답니다. 이히가 정성껏 보살펴 주고 있었답니다."

입을 가리고 '오호호' 하고 웃어본다. 평소라면 '이히히' 하고 웃었을 터인데……. 등에 벌레가 기어가는 느낌이 들었다.

"그전에, 마스터. 피곤하지 않으신가요? 이히가 성심성의를 다해서 꿀물을 타봤답니다."

이히가 손을 내밀자 어디선가 예쁘게 세공된 컵 하나가 딸려왔다. 격이 높아지며 이런 묘기도 부릴 줄 알게 된 것이다.

"참고로 이 컵은 이히가 만들었답니다."

크나큰 발전이다. 이런 세련된 디자인을 이히가 만들었다는 게 믿기지 않았지만 시간이 흐르면 뭐든지 바뀌는 법이었다.

꿀꺽!

단박에 들이켰다. 청량한 느낌이 목 안을 가득 채웠다.

"맛있군."

"이히히!"

컵을 휙 던지자 이히가 재빨리 그것을 받았다.

"크리슬리와 타쉬말을 봐야겠다."

"네, 마스터. 이히가 안내해 드리겠사옵니다."

다시 한 번 정중히 배꼽 인사를 한 이히가 앞장서서 날아 갔다.

이히의 정원.

타쉬말과 크리슬리는 같은 방에서 시체처럼 쓰러져 있었 다. 집 주변을 윙윙 날아다니는 킹비나 벌들이 시끄러울 법 도 하건만 꿈쩍도 하지 않는다.

'마력의 질과 양 모두가 상승했군.'

타쉬말은 세 쌍의 날개가 더욱 커졌고 크리슬리에게선 그 야말로 '묘한' 마력이 풍겼다. 그러나 한 가지 확실한 건 더욱 정순해졌다는 것이다.

얼마나 성장했을까?

호기심에 심안을 열었다.

이름 : 크리슬리

직업 : 마스터 가디언(모든 능력치+5)

칭호 :

　*진마룡의 피를 잇는 자(Epic, 지능마력+6)

　*달의 가호를 받는 자(Ex U, 마력+8)

　*균형을 이룬 자(Epic, 모든 능력치+3)

능력치 :

　힘 72(+8)

　지능 94(+14)

　민첩 68(+8)

　체력 68(+8)

　마력 80(+26)

　잠재력 (382+64/484)

특이사항 : 극악의 확률을 뚫고 진마룡 아오진과 다크 엘프 하이어

　　　　　설라, 죽음의 왕 가낙이 가진 힘의 균형을 맞췄습니다.

스킬 : 대규모 시체 조종술(Ex U), 언데드 제조(Epic), 태양과 달의 여

　　　왕(Epic), 죽음의 왕(Epic)

적용 중인 스킬&아이템 효과 : 죽음지팡이(Ex U, Set, 마력+4)

이름 : 타쉬말

직업 : 타락 천사

칭호 :

　*어둠에 물든 빛의 천사(Epic, 지능마력+6)

　*번뇌와 깨달음(Epic, 지능마력+5)

능력치 :

　힘 88

　지능 88(+11)

　민첩 90

　체력 83

　마력 85(+11)

　잠재력 (434+22/471)

특이사항 : 세상에 빛을 전파하는 사품의 천사였으나 타락했습니
　　　　　다. 수많은 번뇌와 깨달음을 반복한 결과 그녀는 더욱
　　　　　완전해졌습니다.

스킬 : 어둠의 전파(Epic), 수없이 쇄도하는 어둠의 창(Epic), 어둠의
　　　　우레(Epic)

착용 아이템 : 굳건한 신념(Ex U)

　엄청난 성장이었다. 이 정도면 다른 최상급 마수에 전혀 밀리지 않는 수준이다. 도리어 그보다 강할 수도 있었다.

　최상급 2와 3레벨 사이. 이 정도라면 충분히 기대 이상이다. 크라스라의 빈자리를 채우고도 남았다.

　"오, 오셨습니까? 나의 던전 마스터시여……."

　크리슬리가 내 기척을 느끼고 어렵사리 상반신을 들었다. 파리한 안색. 얼마나 힘이 들었는지 간접적으로 알려주고 있었다.

"더 쉬어라."

"아닙니다. 오랜만에 뵈니…… 굉장히 기쁩니다."

"그곳에서 얼마나 머물러 있었던 거지?"

"모르겠습니다. 3년이 조금 덜된 것 같습니다. 그런데 이곳은 며칠이 지나지 않았더군요."

복잡한 표정이었다. 3년이나 지났음에도 진짜 3년이 아님을 슬퍼해야 하는지, 기뻐해야 하는지 종잡을 수 없었다.

"고생했다. 너는 강해졌다."

"마스터의 기대를 충족시켜서 다행입니다. 아, 그리고……."

크리슬리가 품에서 조각난 판 하나를 내게 건넸다.

"수련의 방을 나설 때 제게 주어진 것입니다."

"묘한 문양이 그려져 있군."

묵직한 무게. 뭉툭하니 억지로 잘려 나간 모양새다. 이상한 벽화 같은 게 그러지다가 말았다. 깨진 조각 모두를 맞춰야 무슨 물건인지 확인할 수 있을 것 같았다.

실제 심안으로 보아도 별다른 설명은 없었다.

이름 - 균형의 조각(???)

설명 : 고급 수련의 방을 완벽하게 클리어한 이에게만 주어지는 조각. 그중 균형을 담당하는 조각이다. 다섯 개의 조각을 모으면 조각의 종류에 따라 특수한 효과가 발휘된다.

이게 전부였다. 어쨌거나 다섯 개를 모아야만 발동이 되는 것이었다. 타쉬말의 품에도 이와 비슷한 조각 하나가 꼭 안겨 있었다.

'저건 깨달음의 조각이군.'

얼추 두 개가 모였다. 유은혜에게 준 입장권 두 개가 따로 있으니 나중에 가서 회수해야 할 것 같았다.

그때, 불현듯 크리슬리가 한쪽 무릎을 꿇었다.

"나의 던전 마스터시여, 앞으로는 제가 검이 되어 적을 무찌르겠습니다."

"크라스라의 대신인가?"

크라스라. 녀석은 내 명령을 칼같이 따랐다. 누구보다 앞서서 모든 일을 해결하려고 들었다.

"예."

과연. 그 빈자리를 채우겠다는 건가.

"좋다. 너는 앞으로 내 검과 방패가 되어 적을 무찔러라. 그리고…… 판데모니엄의 목은 너에게 주겠다."

"감사합니다."

크리슬리가 깊숙이 고개를 숙였다. 크라스라를 죽이고 다수의 다크 엘프가 죽은 건 어디까지나 판데모니엄이 내 던전의 위치를 찾아낸 후 공격했기 때문이다. 마족 넷을 죽였다고 복수심 전부를 태울 수는 없었다.

나는 작게 읊조렸다.

"몸을 회복해라. 바빠질 것이다."

"나의 던전 마스터시여, 제가 다음 행보를 들을 수 있겠습니까?"

나는 피식 웃으며 말했다.

"마계 옥션의 준비를 해야겠지."

마계 옥션!

시간을 벌었으니 다음은 던전을 회복하고 마계 옥션을 준비할 차례였다.

Chapter 50
마계 옥션

Dungeon Hunter

내 기억이 확실하다면 앞으로 다가올 5년 차의 마계 옥션까지 3개월가량이 남았을 뿐이었다. 지저 세계의 일로 인해 4년 차를 건너뛰었기 때문에 보다 제대로 된 전략을 세울 필요가 있었다.

'3년 차의 마계 옥션에서부터 본격적인 거래가 시작되었지.'

마고가 등장하며 한껏 분위기를 띄우지 않았던가.

4년 차에선 무엇이 나왔을지 모른다. 당장 본 것만 하더라도 티탄이 있었고. 그것이 전부이진 않을 것이다. 역전의 발판, 더욱 힘을 비축한 계기 등이 되었을 터.

전생과는 다르다. 진행 속도 자체가 배는 빠르게 흘러가고 있었다. 그 속도는 전생의 기억이 없다고 한들 범상치 않다.

3, 4년 차의 마계 옥션을 겪은 마족들은 이번 5년 차에 승부를 걸 가능성이 높았다.

천사들이 나타났고 오쿨루스가 죽었다. 땅따먹기가 본격화되며 수면 위로 떠오르는 중이었다. 이쯤 해서 히든카드 하나쯤은 모두가 원하고 있을 진대…….

그것을 마계 옥션에서 찾을 가능성이 다분하다.

'오쿨루스 휘하의 마족들, 놈들이 어찌 되었는지도 알 수 없다.'

일단 본체인 오쿨루스가 죽은 건 확실하다. 하지만 남은 분신과 같은 휘하 마족들이 어찌 되었는지는 금시초문이다. 영향이 없지는 않겠지만 생존했을 가능성도 분명히 있었다. 그리고 만약 살아 있다면 다른 파벌에게 흡수되었을 경우를 배제할 수는 없었다. 나는 모든 걸 염두에 두고 계획을 짜야만 했다.

'여러모로 이번 5년 차가 승부를 걸 기준이 되겠지.'

급격한 변화. 던전 안에 처박혀 있다고 해서 모를 리가 없다. 이대로 지지부진하다간 당장 잡아먹힐 수 있음을 인지하고 있으리라.

당장 판데모니엄만 하더라도 각성자를 사육하여 죽였다. 포인트를 모아서 던전을 강화하고 마계 옥션에서 사용할 기색이 다분했다. 아리엘과 우파는 무슨 전략을 세웠을지 감도 잡히지 않았다.

'변수는 분명히 있다. 변수에 흔들리지 않으려면 절대적인 나만의 무언가가 필요한 법.'

사실 내 입장에서 보자면 주변 모든 것이 변수다. 지금은 잠시 몸을 낮춘 채 주변을 파악하고 나만의 무기를 만들 시기였다.

'포인트만으로는 부족해.'

이미 포인트적 우위를 앞세워 내 존재감을 떨칠 시기는 지났다. 아직까지도 개인이 갖기엔 막대한 포인트를 보유하긴 했지만 이전처럼 한 파벌급의 영향력을 행사하긴 힘들다.

무엇이 필요할까.

그들 모두에게 나라는 존재를 다시금 각인시키고 긴장하며 대비하게 만들기 위해선 어떠한 행동을 해야 한단 말인가.

'내가 주도하여 변화를 꾀한다.'

고개를 주억였다. 답 자체는 간단했다. 내가 원하는 판이 아니었고 그렇다면 다시 한 번 판을 뒤집으면 그만이다.

문제는 판을 뒤집을 방법이었다.

'드보롱⋯⋯.'

작게 혀를 찼다. 적어도 드보롱과 연락을 취할 수만 있다면 판을 뒤집는 일은 어렵지 않을지도 모른다. 게다가 정령계에선 내가 죽은 줄 알 터였다. 한 번쯤 연락을 취해야 했다. 그들은 마계 옥션의 출입 권한을 가지고 있기 때문이다.

그러나 정령계로 가는 방법이 또 고민이다. 이곳에서 내가 드보롱에게 연락을 바로 취할 수단은 없었다. 직접 가서 결판을 지으려면……

'균열을 열어야겠군.'

균열은 아직 밝혀지지 않은 게 많다. 들어가도 원하는 곳에 도착하리란 보장은 없다. 하지만 내게는 드보롱이 건넨 증표가 있었다. 작은 돌멩이에 지나지 않으나 충분하다. 이게 있는 이상, 균열을 열고 통신만 하면 그만이다. 굳이 직접 균열을 건널 필요는 없었다.

균열은 일종의 회선이다. 이 회선을 열어야 드보롱과 통신을 할 수 있다.

그때, 불현듯 떠오르는 인물이 하나 있었다.

오스웬!

그는 말했다. 칠 대 죄악을 만든 뒤 균열 속에 버렸다고.

그 말인즉, 스스로 원해서 균열을 열었다는 뜻이다. 그만이 거의 유일한 단서였다. 떠오른 즉시 발을 움직였다.

'오스웬을 만나봐야겠다.'

그가 해답을 가지고 있기를 바란다.

"균열, 말입니까?"

오스웬은 가파람의 연구실에서 자신의 손을 만들고 있었다. 본래 여섯 개였으나 네 개가 잘렸기에 그를 대신할 가짜

팔을 붙일 셈인 듯싶었다. 가파람과 드워킹도 근처에 보였지만 지금은 내 관심 대상이 아니었다. 나는 오로지 오스웬만을 바라보며 말했다.

"칠 대 죄악을 균열 속에 버렸다면 여는 방법 또한 알고 있을 것이다."

"알고는 있습니다만…… 위험합니다. 그리고 저 혼자서는 불가능합니다."

"필요한 게 뭐지?"

오스웬은 눈을 감았다. 이후 곰곰이 생각한 끝에 한숨을 푸욱 내쉬었다.

"억지로 균열을 열면 알 수 없는 것들이 튀어나올 가능성이 있습니다. 예컨대, 정령계의 존재들, 환수들…… 허무의 존재들까지 말입니다. 균열 속에 갇혀 있던 오래된 자아들, 그들은 매우 파괴적이고 비합리적입니다."

"내가 그것들을 상대하지 못할 것 같아 보이나?"

설령 초월격의 존재가 나온대도 상대할 자신이 있었다.

의지는 확고했다. 그것을 오스웬도 알았다. 결코 꺾이지 않을 것임을 깨닫고 오스웬이 고개를 들었다.

"좋습니다. 하지만 준비해야 할 재료도 만만치 않습니다. 그 '장치'를 만들려면 가파람의 도움도 꼭 있어야 하고요."

"필요한 걸 말해라. 모두 준비해 주마."

"먼저 분노를 빌려주십시오. 장치의 틀을 만들어야 합

니다.”

스윽.

거침없이 분노를 건넸다.

오스웬은 약간 의외라는 듯 나를 쳐다봤다.

“그냥 막 줘도 되는 겁니까?”

“애당초 네가 만든 물건이 아닌가.”

“저도 이걸 어떻게 만들었는지 기억이 잘 안 납니다. 하여
간, 이왕 분노를 빌려주셨으니 하나를 더 빌리지요. 그 천의
날개라는 아이템이 썩 훌륭하더군요. 막대한 마력을 저장하
기에는 안성맞춤입니다.”

천의 날개는 탈부착이 가능했다. 마력의 공급을 중단하자
천의 날개가 등에서 떨어졌고 그것을 또다시 건넸다.

“아! 파라노말의 반지! 그것도 주십시오. 균열의 불규칙성
을 따지기엔 그만한 아이템이 없는 것 같습니다.”

“정말 필요한 건가?”

“황제 폐하, 제가 누구 앞이라고 거짓을 고하겠습니까?”

미심쩍었지만 이 분야에 있어서 제대로 된 지식을 아는 건
오스웬뿐이었다. 전생의 나였다면 의아해진 순간 단칼에 쳐
냈을 것이지만 모르는 걸 그대로 받아들이는 것도 큰 ‘힘’이
라는 걸 이제 와서 알았다. 그래야 휘하의 부하들이 더욱 능
률적으로 움직인다는 사실도 말이다.

“나머지 것들은 차차 말씀해 드리겠습니다. 틀을 잡는 것

만으로도 상당히 시간을 잡아먹는지라……. 그리고 장치는 1 회용입니다. 반면 상상을 초월하는 재료들이 소모되지요. 정말 균열을 열 생각이십니까?"

확인차 묻는다. 나는 고개를 끄덕였다.

"연다."

"좋습니다. 그럼…… 가파람, 한동안은 내 조수가 되어주겠소?"

옆에서 지켜보던 가파람이 살짝 불신의 어조로 입을 열었다.

"정말 균열을 열 수 있는 거냐?"

"속고만 살았소? 보아하니 오랜 시간 산속에서 자기위안을 하고 있었던 모양인데 조금 더 시야를 넓히시오. 어떻게 나를 모를 수가 있소? 여기 드워킹이 내게 존경의 시선을 보내는 게 안 보이는지, 원."

실제로 드워킹은 무한한 존경심을 담아 오스웬을 바라보고 있었다. 던전 마스터인 나보다 오스웬에게 더욱 시선을 돌리는 모습이다.

반대로 오스웬은 가파람이 자신을 못 알아봐서 조금 섭섭해하는 것 같았다. 서로가 분야는 다르지만 경지에 이른 장인이라는 걸 알기 때문에 더욱 그러는 듯싶었다.

"지식이 있고 제법 손재주가 있는 것 같기는 하다만 내가 인정할 정도는 아니다."

"쯧쯧. 두고 봅시다. 이번에 제대로 콧대를 눌러주겠소."

묘한 신경전이 오가고 있었다.

그 사이에서 내가 말했다.

"완성되기까지 예상 시간이 어떻게 되지?"

"아무리 적게 잡아도 한 달은 있어야 합니다."

"진행 상황을 이히에게 보고해라. 필요한 게 있다면 마찬가지로 이히에게 말하면 될 것이다."

"알겠습니다."

오스웬이 동의했다.

이로써 균열을 열 방법도 마련되었다. 시간이 걸리기는 하지만 나도 따로 할 일이 있었다.

[놀라운 업적! 최초로 '리자드맨의 부락' 열 곳이 탄생했습니다.]

[200,000pt가 주어집니다.]

[업적 점수 300점이 추가됩니다.]

[대단한 업적! 최초로 '천사'가 번식 가능한 숫자까지 늘어났습니다.]

[400,000pt가 주어집니다.]

[업적 점수 500점이 추가됩니다.]

[엄청난 업적! 최초로 '근원의 씨앗'을 채취하는 데 성공했습니다. 하지만 근원의 나무에서 나온 씨앗은 근원의 나무로 성장하지 않습니다. 대신 '세계수'라 불리며, 일반적인 '세계수의 씨앗'과는 다르게

특정 조건 없이도 발아할 수 있습니다.]

　　[1,000,000pt가 주어집니다.]

　　[업적 점수 1,000점이 추가됩니다.]

　　…….

　　포인트를 불리기 가장 좋은 방법은 수많은 업적을 달성하는 것이다. 그리고 내 '계획'을 위해서는 특수한 업적을 달성하고 특수한 아이템을 얻어야만 했다.

　　근원의 씨앗, 근원의 정수, 천사의 눈물, 기타 업적 상점에서만 구매할 수 있는 몇 가지 아이템이 그것이었다.

　　포인트도 불과 한 달 사이에 3천만까지 복구했다. 이는 던전을 회복하고, 가파람의 연구실을 짓고, 연구에 투자하며 균열을 열 장치에 들인 포인트를 합산한 결과다.

　　그리고 드디어 오스웬에게서 장치가 완성되었다는 연락을 받았다.

　　"분노와 판박이로군."

　　"균열을 열 강력한 발신 장치로는 분노만 한 게 없었습니다."

　　오스웬이 만든 장치는 얼핏 보면 분노와 다를 바가 없었다. 물론 거기서 흘러나오는 마력은 전혀 달랐지만 겉모습은 완전 판박이였다.

　　"균열을 오랜 시간 열어두면 안 됩니다. 황제 폐하께서는 분명히 강하시지만 그런 존재가 통로를 통해 수없이 나타난다면 힘에 겨울 수도 있으니까요."

"잠시면 된다."

"알겠습니다. 그럼 바로 균열을 열도록 하지요."

분노의 겉모습을 재현한 것 외에도 이상하게 생긴 아이템이 몇 가지 더 있었다. 나침판, 회색빛으로 넘실거리는 천의 날개, 파라노말의 반지까지. 똑같이 생겼지만 전혀 다른 물건이었다. 모두 오스웬이 만든 것이다.

오스웬이 반지를 끼고 천의 날개를 쥐었다. 그리고 분노와 판박이로 생긴 검을 천의 날개에 그대로 꼽았다.

화아아아아아악!

동시에 온갖 마력이 흘러넘쳤다. 불꽃이 튀거나, 주변이 얼거나, 때로는 거친 바람이 불기도 하였다.

그야말로 혼돈! 이어 빛이 쇄도하더니 그 반대편에 어두운 통로가 나타났다. 빛을 머금은 통로가 조금씩 일그러진다.

'다른 통로를 통해서 균열로 우회하는 방법인가 보군.'

나도 잘은 모른다. 그저 그와 비슷하리란 것만 알아볼 수 있을 따름이었다. 이후 일그러진 통로가 사라지더니 그 자리를 균열이 대신했다.

"열렸습니다. 가짜 천의 날개가 가진 마력이 다하거나 반지를 빼면 균열은 사라집니다."

나는 균열 안으로 대뜸 손을 넣었다. 손 안에는 드보롱이 내게 주었던 돌멩이가 쥐어져 있었다. 이어 돌멩이에 마력을 흘리자 조금씩 진동하기 시작했다.

툭!

직감적으로 알았다. 연결이 됐다.

―이걸로 연락을 해올 사람이 없을 텐데…… 누구십니까?

"드보롱, 나다."

―'나다'라고 하면 모릅니다. 어떻게 이 통신 회선을 알고 있는 겁니까?

드보롱의 어조에서 강렬한 의구심이 느껴졌다.

"이 돌멩이로 통신하는 이가 나 외에 더 있나?"

없다. 드보롱이 여러 사람에게 같은 것을 줬다고는 생각하기 어려웠다. 과연 그것을 알아챘는지 드보롱의 목소리가 떨렸다.

―설마……! 아니, 하지만 그럴 리가?

나는 피식 웃으며 말했다.

"오랜만이군."

―…….

드보롱은 대답이 없었다. 하지만 능히 놀랐음을 알 수 있었다.

나는 조급해하지 않고 느긋하게 기다렸다. 균열 속에서 무엇이 튀어나올지 모르는 만큼 한가한 상황은 아니지만 앞으로 드보롱과의 대화에서 주도권을 쥐려거든 '여유'를 보일 필요가 있었다.

―정말 랜달프 님이십니까?

"나 의외에 그 이름을 사용하는 마족은 없다."

―말도 안 되는 일입니다. 분명히 시스템상에서 지워진 걸 확인했는데…….

"그런 것도 확인할 수 있나?"

마족의 생사 여부를 알 수 있다는 의미다. 내가 의아해하며 묻자 드보롱이 답했다.

―기, 기다려 주십시오. 확인하고 오겠습니다. 길게 걸리진 않을 겁니다.

"기다리고 있지. 마침 내게도 손님이 왔군."

손을 빼냈다. 균열은 닫히면 다시 열 수 없다. 드보롱이 따로 시스템의 눈을 피해 열기 전까지는 말이다. 하지만 그러면 시간이 너무 오래 걸린다. 마계 옥션까지 고작 2개월도 남지 않은 상황이었다.

그래서 드보롱이 돌아오기 전까지 균열을 열어둘 수밖에 없고 시간이 지연되자 필연적으로 정체불명의 '존재'들이 균열의 입구에 모습을 드러냈다.

"맙소사! 고대의 타락한 정령입니다. 적어도 근 천 년간 모습을 보이지 않았다고 하는데 균열 속에 있었을 줄이야! 지금이라도 균열을 닫을까요?"

나타난 존재를 보고 오스웬이 놀라며 말했다.

두터운 손, 어둠에 잠긴 본체, 퀭한 눈 두 개와 어둠만이 허공에 떠다녔다.

고대의 타락한 정령이라……. 급을 찾자면 충분히 상급 상위 레벨이었다. 그런 정령이 한 번에 열 마리가량 나타났다.

나는 고개를 저었다.

"내가 처리하마."

검을 뽑았다. 돌려받은 분노와 황제의 검을 양손에 쥔 채 타락한 정령들을 바라봤다.

"저는 균열을 유지해야 하기에 움직일 수 없습니다. 정말 괜찮겠습니까?"

"충분하다."

정령들의 속성은 어둠 그 자체였다. 내가 가진 다크 소드와 달빛의 마력으로는 타격이 반감될 수밖에 없었다. 그러나 그것은 어디까지나 속성만을 따졌을 때다. 나와 녀석들은 애당초 '격' 자체가 다르다. 초월자의 격을 가진 내 공격은 속성의 상성을 무시한다.

고작 저런 놈들 따위에 힘들게 연 균열을 닫을 순 없는 노릇이다.

고오오오.

어둠 속을 뚫고 타락한 정령들이 다가왔다. 공격적인 성향밖에 남지 않은 듯 거침이 없었다.

하지만 내가 한발 더 빨랐다.

촤아악!

일격에 하나를 베었다. 그러자 길게 베인 정령이 둘로 분열되었다.

'조금 귀찮아지겠군.'

과연, 타락한 정령들은 자기 복제가 가능한 모양이었다.

'분열할 수 없을 때까지 잘게 조각내면 되겠지.'

다크 소드는 재생을 불가능하게 만들지만 분열은 다른 분야였다. 어쨌거나 그다지 대수롭게 생각하진 않았다. 분열이 가능하다면 그게 안 될 때까지 공격하면 그만이었다.

고대의 타락한 정령들을 시작으로 오염된 노움, 썩은 위액 골렘 등이 균열을 통해 나타났다. 다행히 콘테고놈과 같은 허무의 존재는 모습을 보이지 않았다. 시간을 더 끌면 모르는 일이었지만 드보롱이 시기적절하게 연락을 주었다.

—정말…… 살아계셨군요. 놀랐습니다.

"나는 죽지 않는다."

스팍!

썩은 위액 골렘의 머리를 등분하며 말했다. 내 꿈은 아직도 유효했다. 지금은 텅 빈 마왕의 좌에 앉아 크게 웃어보는 것! 적어도 그 꿈을 이루기 전까진 죽을 생각이 터럭만큼도 없었다. 죽지 않을 자신도 있었다.

—주변의 소리가 요란합니다. 혹시 지금 전투 중이십니까?

"별일 아니다."

화르륵!

썩은 위액 골렘의 남은 잔재를 오만의 불꽃으로 태웠다. 그제야 사방이 잠잠해졌다.

—오오, 이제 좀 조용하군요. 그나저나…… 궁금합니다. 어디에 가 있으셨는지 이야기를 들을 수 있겠습니까?

"아쉽게도 해줄 이야기는 없다."

—이런……. 시스템의 눈을 피한 방법이 꼭 듣고 싶었는데요. 값은 치르겠습니다만…….

드보롱의 목소리가 제법 절실했다. 하기야 시스템의 허점은 어지간해선 없는 편이었고 찾아도 막대한 희생이 동반되어야 한다. 어둠의 정령은 그 눈을 피하는 방법이 간절할 것이다.

하나 지저 세계는 이미 시스템의 안에 편입되었다. 그곳의 세계와 내 던전에 연결점이 생성되었고 수많은 보상을 얻을 수 있었기에 나로선 손해는 아니었지만 드보롱에겐 안타까운 일이었다.

"드보롱, 그따위 이야기를 하자고 내가 너에게 연락한 줄 아나?"

—흠, 아니겠지요. 랜달프 님께선 굉장히 시간을 소중히 여기시는 분이었으니. 따로 저에게 연락했다는 건 마계 옥션의 출입 여부 때문입니까?

타당한 추론이다. 실제로 마계 옥션의 출입과 관련하여 연락을 한 것도 사실이었다. 하지만 그보다 더욱 중요한 게 있었다.

"제안을 하나 하기 위함이다."

—제안?

"드보롱, 경매 방식을 바꿔볼 생각은 없나?"

단도직입적으로 말했다. 질질 끌며 말을 돌리는 건 내 성미에 안 맞다. 어차피 키를 쥐고 있는 것은 내 쪽이었다.

—그건 또 뜬금없군요. 경매 방식을 바꾸자니요?

전혀 예상하지 못한 듯 드보롱의 목소리가 살짝 떨렸다. 나는 지체하지 않고 말을 이었다.

"경매 물품을 더 추가하는 것이다. 마족들이 얻은 아이템을 말이다."

—한마디로 서로 경매 물품을 올릴 수 있게 해달라는 말입니까?

"바로 그렇다. 대신 참가한 자의 익명성이 보장되어야겠지."

—그건 불가합니다. 지금 와서 바꾸기에는 시간도 부족하고, 정령왕께선 이미 정해놓은 규칙을 바꾸시지 않을 겁니다.

정말 그럴까? 규칙을 바꾸지 않는다고 못 박았지만 자신의 이득이 걸리면 생각도 바뀌는 법이었다.

"본격적인 경매 시작 전에 흥을 돋우는 의미로 진행해도 충분하다. 참고로 나는 근원의 정수를 경매대 위에 올리려고 한다."

─근원의 정수를⋯⋯!

근원의 정수. 이미 한 번 어둠의 정령왕 아도니스가 탐을 냈던 아이템이다. 칠 대 죄악을 조건으로 교환을 청한 일이 있었다.

한계 돌파를 강제적으로 시켜주는 아이템. 일단 한 번 깨기가 어렵지 한계를 깨면 그다음 길을 찾는 건 크게 어렵지 않다. 그래서 아도니스가 근원의 정수를 갈망하는 것이고 전생에서 대공들이 한계 돌파의 방법을 숨긴 이유이기도 하다.

한데 그것을 경매장에 내놓겠다고 선언했다. 드보롱이 잠시 침묵했다. 하지만 섣불리 결론을 내릴 수가 없었는지 드보롱이 물었다.

─랜달프 님, 저로선 랜달프 님의 속을 도저히 헤아릴 수가 없습니다. 저의를 여쭈어 봐도 되겠습니까?

"정녕 모르겠는가?"

─그래서 묻지 않습니까?

드보롱도 슬슬 약이 오른 듯싶었다. 그들은 나에게 호의를 보였고 당연히 근원의 정수를 아도니스에게 넘기리라 지레짐작하고 있었던 모양이다.

하지만 상황이 변했다. 아무런 변화 없이 판을 뒤집을 순 없었다.

"아도니스, 그가 경매의 참가자로 나오길 바란다."

대수롭지 않게 말했으나 내용은 충분히 파격적이었다.

판을 뒤집을 묘수!

나는 아도니스를 표면으로 끌고 나올 작정이었다. 더 이상 방관자의 위치에서 지켜볼 수 없도록!

―……미쳤군요. 정령왕께선 마계 옥션의 책임자이십니다.

"책임자는 참가하면 안 된다는 규칙이라도 있나?"

―형평성의 문제가……. 정령왕께서도 납득하지 않을 겁니다.

"그건 네가 정할 문제가 아니다."

최종 결정은 결국 아도니스의 판단에 달렸다. 드보롱이 아무리 변을 늘어놔도 아도니스가 하겠다면 하는 거다. 드보롱이 아도니스의 최측근 중 하나라고는 하나, 그래도 조언자에 지나지 않았다.

―경매의 방식을 바꾸고 정령왕께서 참여한들 랜달프 님에게 무슨 이득이 있습니까?

"그 역시 네가 상관할 바는 아니지."

어찌 이득이 없겠는가? 아도니스가 방관자에서 당사자로 변한다. 어둠의 정령왕이 움직이기 시작했다는 인식을 마족들에게 심어줄 수 있는 것이다.

그로 인한 혼란을 원한다. 정령왕이란 강력한 변수는 양날의 검이 될 수 있지만 그가 바라는 건 오로지 나만이 구할 수 있었다. 뿐만 아니라 더욱 많은 포인트를 사전에 얻어 보다 다양한 옥션의 물품을 구매하는 게 가능해진다.

내겐 필요 없고 충분히 감당 가능한 것들을 풀어놔 사전에 포인트를 독식한다면 예전처럼 일인파벌의 영향력을 끼치는 것도 불가능하지만은 않았다.

나는 일반 상점에서 구할 수 없는 것을 구할 방법을 가지고 있었다. 업적 상점이 바로 그것이다.

—후! 좋습니다. 정령왕께 고해보지요. 그리고…… 랜달프 님의 생존이 워낙 갑작스러워 그동안은 경매 물품의 목록을 미리 전해 드렸습니다만 올해는 힘들 것 같습니다.

"상관없다."

—알겠습니다. 만에 하나 일이 진행된다면 정령왕님의 권한이 발동될 겁니다. 그러면 모든 마족분이 경매의 변화를 알게 되겠지요. 크게 기대는 마십시오.

"기대하고 있지."

툭!

신호가 끊겼다.

Dungeon Hunter

내게는 오래된 기억들이 있었다. 아도니스나 다른 마족들의 성향 정도는 대부분 파악을 끝내놓은 뒤였다. 일단 아도니스는 내 거래에 응할 것이며 그를 위한 준비를 하고자 나는 바삐 움직이기 시작했다.

남은 대공들…… 아리엘, 우파, 판데모니엄의 성향에 맞춰서 그들이 탐낼 만한 것들을 준비했다.

아주 좋은 것이 아니라도 상관은 없었다. 그들이 바라고 원했지만 구하지 못한 것들, 그 단서라도 되어줄 아이템들이 모두 업적 상점에 있었다. 정확히 말하자면 '나락군주'의 보물 창고에 있었다는 게 맞겠다.

업적을 깨고 포인트를 모으는 일도 등한시하지 않았다. 그렇게 한 달이 더 지나자 불현듯 메시지 창 하나가 허공에 떠올랐다.

[어둠의 정령왕 아도니스가 책임자 권한을 사용해 경매 규칙을 추가했습니다.]

[이제 본격적인 경매에 앞서 개별적인 경매가 진행됩니다.]

[이 개별적 경매에는 마족들의 참가가 가능합니다. 경매 물품으로 최대 열 가지를 들일 수 있습니다. 판매자의 익명성이 보장됩니다.]

[본 경매와는 달리, 개별적 경매의 구매자로 정령들이 참가합니다. 불의 정령과 물의 정령 또한 이 개별적 경매에 참가하게 되었습니다. 그들은 자신의 '겨', 혹은 '계약'을 통해 일정량의 포인트를 얻는 게 가능하며 이렇게 얻은 포인트를 경매의 참가에 사용할 수 있습

니다.]

불의 정령, 물의 정령이라?

어둠의 정령과는 대치하는 존재들이 아니었던가?

마계 옥션의 진행을 숨기고자 안간힘을 쓰던 걸 기억한다. 내가 없는 사이에 모종의 일이 벌어진 듯했다.

나는 입가에 미소를 그렸다. 다른 정령의 출현, 정령들의 경매 참가를 공식적으로 인정해 버린 건 의외였지만…….

'낚았군.'

판을 엎을 준비가 끝났다.

마계 옥션.

그곳에 대동할 마수로 나는 크리슬리를 선택했다.

그녀는 복수를 바란다. 그 복수의 대상은 판데모니엄이었고 보다 확실히 두 눈에 각인시켜 주기 위해, 다른 마족들에게도 각인시키기 위해서 선택한 것이다.

처음 등장 당시, 크라스라에게 정신이 팔려 정작 크리슬리는 부속품 취급을 받았다. 모든 마족이 신경도 쓰지 않았다.

하지만 크라스라가 아니라 그녀가 진짜였다.

벌써 최상급의 반열에 드는 놀라운 성장을 이뤘다.

어찌 반응할까. 나의 출현과 더불어서 크리슬리의 성장을 확인하거든…….

그 반응을 상상하는 것만으로도 미소가 지워지지 않았다.

'아리엘, 우파, 판데모니엄! 내가 돌아왔다.'

이번 마계 옥션을 말하자면 나의 재데뷔전과 같았다.

금기를 어겼다고 여기며 오쿨루스와 함께 산화한 줄로만 알고 있을 터. 하지만 나는 지저 세계에서 더욱 완성되었다. 초월의 경지에 제대로 발을 담갔다.

반면 그들은 어떨까? 나와 비견될 성장을 이뤘을까?

묘한 기대감을 품은 채 균열을 건너자 익숙한 모습의 너른 방이 나타났다. 그 앞에서 노움의 형상을 한 어둠의 정령이 나를 기다리고 있었다.

"크흘흘! 랜달프 님, 오랜만입니다."

본래 마계 옥션에서 항상 나를 반기던 정령. 먼저 대기하고 있는 걸 보아 미리 전해 들은 게 분명하다.

마침 잘됐다. 이번 경매는 여러모로 바뀐 점이 많다. 나 혼자서 알아보려 하는 건 한계가 있다. 안내역인 만큼 어느 정도 정보는 가지고 있을 터. 궁금증을 풀 존재로서 안성맞춤이었다.

"잘 지냈나?"

"그럴 리가요. 작년에 뵙지 못해 상당히 유감이었습니다. 사실 랜달프 님의 안내역 자리도 어렵사리 얻은 것인지라…… 재미를 못 봤죠."

어둠의 정령이 한숨을 푹 내쉬었다. 진심으로 서글퍼하는 표정이다.

"그러고 보니 안내역이 바뀌는 건 본 적이 없군."

"크흘흘! 지금 와서 말씀드리는 겁니다만 마계 옥션이 시작되기 전에 이 안내역 자리를 걸고 경쟁이 치열했습지요. 떨어지는 콩고물로 '격'을 올리는 게 가능하니까요. 경매 참여자께서 죽지 아니하시면 본래 바뀌지 않는 게 규칙입니다. 3년 차가 넘어가고 랜달프 님이 계속해서 진가를 발휘하자 제게도 바꿔 달라는 청탁 아닌 청탁이 여럿 있긴 했습니다만……."

"그다음 해에 내가 모습을 감췄지."

짧게 호응하자 어둠의 정령이 고개를 주억였다.

"바로 그렇습니다. 드보롱 님께선 '시스템'으로 찾을 수 없다고 했습니다. 보통 이런 경우는 대상이 죽을 때밖에 없습죠. 저도 상심이 컸습니다. 그런데…… 설마, 휘유~"

마치 사랑에 빠진 소녀처럼 얼굴에 화색이 돌았다.

"랜달프 님을 위해서라면 이 모습을 바꿔도 여한이 없겠습니다. 크흘흘! 혹시 서큐버스나 엘프를 좋아하십니까?"

성적인 농담이었다. '크흘흘!' 웃으며 다가오는 서큐버스, 엘프라. 상상만으로도 끔찍했다.

"시답잖은 소리는 되었다. 그보다 물의 정령과 불의 정령이 개별 경매에 참여한다던 문구를 보았다. 어찌 된 일이지?"

"아아…… 그것 말입니까……."

어둠의 정령은 표정을 굳혔다. 마음에 들지 않다는 기색이 역력했다. 내가 조용히 침묵을 지키자 어둠의 정령이 이어서 말했다.

"중간계에서 지저 세계 쪽을 감시하다가 다른 정령에게 걸린 이야기는 아십니까?"

"안다."

잔혹한 사령관 막시움을 소환할 때 생겨난 변화로 말미암아 어둠의 정령이 움직였고 그 일련의 과정에서 다른 정령들의 의심을 샀다는 내용이었다. 얼핏 들은 기억이 있었다.

"그중 물과 불의 정령이 저희 어둠의 정령을 가장 심하게 압박했습니다. 작년 이맘때쯤 결국 마계 옥션의 비밀도 탄로 나 버렸지요. 그나마 다행인 점이라면 두 정령왕이 비밀 엄수를 대가로 거래를 청한 것이었지요."

"그것이 마계 옥션의 참가였나?"

"아닙니다. 그들은 마신이 만든 시스템에 관심을 보였습니다. 그러나 저희도 그 시스템에 관한 건 잘 모릅니다. 그저 저희에게 주어진 권한을 발판 삼아 몇 가지 시도를 하는 게 전부이니 애당초 거래 자체가 성립하질 않았습니다."

마신의 시스템. 그것을 파악한 이는 아무도 없었다. 실체가 무엇이고 어떠한 경로로 발동이 되는지 전생에서 역시 밝혀진 바가 없었다.

굳이 파헤치려는 이도 없었다. 이미 시스템은 그 자체만으로도 완성되어 있었기 때문이다. 하지만 다른 정령들이라면 또 다른 시각에서 봤을 수도 있겠다.

"그럼?"

"일단 그 계약 건을 빌미로 시간을 버는 데에는 성공했습니다. 그러다가 불과 몇 달 전, 갑자기 정령왕께서 그들의 경매 참가를 결정하셨지요. 본 경매는 아니고 개별 경매에만 국한되긴 합니다만……."

그것이 전부였다. 더 자세한 이야기는 모르는 모습이었다.

'아도니스, 내 제안을 수락하고 동시에 무엇을 노리는 거지?'

당연히 드는 의문이었다. 나 하나로 인해 갑자기 이런 결정을 내리진 않았을 것이다. 그러기엔 리스크가 너무 크다. 근원의 정수 하나를 얻고자 '파멸'로 이어질 수 있는 행위를 할 정도로 그는 어수룩한 이가 아니었다. 따로 노리는 것이 있기에 내 요구에 응했다는 생각이 갑자기 들었다.

"참여하는 마족의 숫자는 어떻게 되지?"

"54명입니다. 크흘흘, 고작 5년 차에 안타깝게 되었습니다."

3년 차까지만 하더라도 내가 죽인 마족 외엔 모두 정상이었다. 그런데 고작 2년 사이에 숫자가 확실히 줄었다.

"그들의 평균 포인트 수치는?"

"본래 300만이었습니다만…… 갑자기 어느 날을 기점으로 70만 가량이 더 치솟았지요. 크흘흘!"

어둠의 정령이 나를 음흉한 눈초리로 바라보았다. 내가 보유한 포인트가 대충 어느 정도인지 감을 잡았다는 듯. 하지만 그 시선에는 언뜻 존경심이 담겨 있었다.

"그리고 개별 경매에 관한 계약서입니다. 마신의 인장이 찍혀 있으니 부디 부담 가지지 마시고."

마신의 인장. 허락받은 이만이 사용 가능하며 그조차 제약이 크다고 들었다. 그러나 마신의 인장이 찍힌 계약서는 절대적인 강제력을 발휘한다. 아도니스가 가지고 있는 건 알았지만 그것을 벌써 사용할 줄은 몰랐다.

나는 어둠의 정령이 건넨 양피지를 쭉 훑었다.

익명 보장, 아이템 보호, 비밀 엄수 등이 적혀 있었고 아무래도 이와 비슷한 계약서를 불과 물의 정령 쪽에도 건넸을 듯싶었다.

딱히 중의적이거나 이상한 점은 보이지 않았다. 마신의 인장과 아도니스의 이름이 찍힌 곳을 바라보다가 손가락을 깨물어 피를 낸 후 지장을 찍었다. 직후 양피지를 돌돌 말아서 어둠의 정령에게 넘겼다.

"계약이 완료되었습니다. 이제 개별 경매에 판매하실 아이템을 보도록 할까요? 경매는 저희가 진행하지만 시작가 같은 건 미리 정해놔야 하니깐 말입니다."

나는 마법 주머니를 풀었다.

정확히 10개. 이번 개별 경매에서 판매할 것들을 바닥에 늘어놓았다. 아이템을 본 어둠의 정령이 눈을 한참이나 크게 떴다.

"허어……!"

동시에 감탄사를 흘리고 입을 다물 줄 몰랐다.

대강 정리가 끝나자 안내자인 어둠의 정령이 내게 말했다.

"물과 불의 정령들이 참여하며 작년과 달라진 점이 있습니다. 본 경매의 아이템을 경매 시작 전에 보는 게 가능했지만 이제는 안 됩니다. 보안상의 이유이니 양해를 해주십시오."

"그럼 바로 경매에 들어가는 건가?"

"그렇지는 않습니다. 달라진 게 있으니만큼 적응할 시간을 각자에게 주어야 하지 않겠습니까? 하루의 절반 동안 자유 시간이 주어집니다."

인상을 찌푸렸다. 하루의 절반이나 모두에게 자유를 준다는 건 단순하게 보면 별일이 아닐 것 같지만 파고들어 가면 심각한 문제다.

마족, 그리고 원소의 정령들은 서로 사이가 좋다고는 할 수 없다. 무시하고 있다는 게 정확하지만 이는 서로 접할 기회가 거의 없어서다. 그저 좋게만 흘러갈 까닭이 전혀 없었다.

그뿐만 아니라 다른 짓을 하고자 한다면 충분히 행할 수 있는 시간적 여유가 생긴 것이다. 여태까진 무언가를 하려고 해도 그럴 시간이 없었다. 즉시 경매가 진행됐고 끝나면 던 전으로 돌아가는 행동만을 반복해 왔다.

'명목상 적응을 위해서라지만.'

애당초 마족들이 서로 반목하고 있는 상황이다. 전생과 달리 모든 게 빠르게 진행 중이었다. 규칙상 마수들의 싸움만이 가능하지만 그것도 정령들이 세운 것에 지나지 않았다.

게다가 우파가 파간 그리울리를 희생양으로 내세워 마계 옥션에 재차 참가한 전례가 있었다. 상대 파벌의 핵심을 확실히 죽일 수만 있다면 휘하 마족 하나쯤은 버려도 나쁠 게 없었다.

'혼란이 크게 생기겠군.'

쯧!

혀를 차고 말았다. 이번 마계 옥션은 여러모로 정상적인 진행을 바랄 수 없을 것 같았다. 어쩌면 이런 일이 일어날 것은 아도니스는 바라고 있을지도 모른다.

"크흘흘! 랜달프 님, 저는 경매의 수속을 하러 가 보겠습니다. 그럼…… 자유 시간이 끝난 후 찾아뵙지요."

어둠의 정령이 문을 열고 떠나갔다. 문 쪽에 대기하던 최상급의 정령들이 호위를 나서는 모습이 보였다.

"나의 던전 마스터시여, 어찌 움직이시겠습니까?"

명석한 크리슬리는 대강 상황을 파악한 것 같았다. 이번이 처음 오는 것일 텐데도 어색함이 보이지 않았다.

"어떻게 움직이는 게 나을 것 같은가?"

무엇 하나 정확한 게 없었다. 섣불리 움직이는 건 피해만 낳을 가능성이 높다. 하여 크리슬리에게 물었다. 나 혼자만의 의견으로 움직이는 것도 나쁘진 않지만 크리슬리라면 내가 생각하지 못한 의견을 내줄 수도 있었다.

이어 잠시 고민한 크리슬리가 입을 열었다.

"제가 아는 것만으로 종합하여 결론을 내보자면…… 먼저 정령들과 접선함이 가장 나을 듯싶습니다."

"정령들과?"

정령들과의 접선. 의외였다. 내가 생각한 건 아리엘 디아블로 쪽을 노려보는 것 정도였다.

크리슬리가 작게 헛기침을 흘리며 말했다.

"마족들은 아직 마스터의 생존을 모를 가능성이 큽니다. 하나, 알고 있다면…… 이 하루의 절반이란 시간 동안 무슨 수작을 부려올 것이라 확신합니다. 특히 판데모니엄 쪽이라면 반드시 얼굴을 내밀게 되겠지요."

"그들이 어쩌지 못하도록 정령들과 어울리라는 소리인가?"

나는 강하다. 하나 혼자서는 한계가 있다. 나 혼자서 하나의 파벌 전부를 상대하진 못한다. 그러나 회의적이었다. 빛의 정령이 아니라면 굳이 크게 적대하진 않겠지만 내가 다가간다고 하더라도 무시할 공산이 컸다.

그때 크리슬리가 자신 있게 말했다.

"나의 던전 마스터시여, 제 몸 속에 흐르는 피는 그들과 매우 궁합이 좋습니다. 이 자리는 제게 맡겨주십시오."

진마룡 아오진, 다크 엘프 하이어 쉴라!

둘은 불과 물의 속성을 강하게 가지고 있었다.

어지간한 친화력은 발도 못 내밀 만큼.

확실히 일리는 있는 말이었다. 방법이 생겼으니 굳이 거부할 필요가 없었다.

"좋다. 너의 말에 따르마. 하지만 접선하는 쪽은 내가 고르겠다."

"나의 던전 마스터시여, 말씀을 따르겠습니다."

크리슬리가 진중히 한쪽 무릎을 꿇었다.

한 발자국. 과거에는 두 발자국까지 다가오는 걸 허락했으나 수련의 방에서 강해진 그녀는 나조차도 만족스러울 정도였다. 그래서 한 발자국 앞까지 다가오는 걸 허락했다.

"불의 정령을 먼저 보겠다."

"그저 따를 뿐이옵니다."

불의 정령.

어둠의 정령들이 차지한 지역에 보낸 이들이니 그만한 격을 갖추고 있을 터. 게다가 불의 정령은 대부분 호탕한 성격을 가지고 있었다. 물의 정령보단 말이 통할 것이었다.

불의 정령을 찾는 건 어렵지 않았다. 불의 마력이 집결된 장소로 찾아가면 그만이었다.

이상한 점이라면 거대한 성을 휘저을 동안 마족을 하나도 만나지 못한 것이다. 아무래도 마계 옥션에 도착한 즉시 기본적인 설명만을 듣고 파벌끼리 모인 것 같았다.

'대공들도 멍청이는 아니니…….'

경매의 변환점을 두고 서로 이야기를 나누며 계획을 짜고자 함이 분명했다. 나는 파벌이 아닌 개인으로 움직이니 그들보다 한 발자국 빠르게 행동을 취할 수 있었다.

'보안도 허술하군.'

무엇보다 의심쩍은 것은 성의 보안 레벨이 참으로 낮다는 점이었다. 평소와 다르게 어둠의 정령이 거의 보이지 않았다. 다른 원소의 정령들이 성 내부에 있음에도 이런 조치를 취했다는 건 '방관'을 하겠다는 의도로밖에 보이지 않았다.

"나의 던전 마스터시여, 성 내부가 원래 이리도 조용한 것인지요?"

"아니다. 평소보다 심하게 조용하다."

"왜인지…… 곳곳에서 악의가 느껴집니다."

맞다. 이곳에서 믿을 수 있는 자는 크리슬리 외엔 없었다. 이는 다른 마족, 정령들도 비슷할 터. 당연히 악의뿐이 없을 수밖에.

곧 나와 크리슬리가 불의 정령들이 머무는 장소에 도착했다. 경매장과 맞먹을 거대한 문 건너편에 그들이 있었다.

―그 정보가 사실일까요?

―이건…… 용서할 수 없는 문제…….

―'케르피'가 대표로 나왔다고 합니다.

―그 빌어먹을 년이?

―굳이 케르피를 보낸 저의가 저는 수상쩍습니다.

―먼저 선수를…….

―조용. 손님이 오셨군.

문 안쪽은 시끄러웠다. 하지만 누군가의 저지로 인해 순식간에 조용해졌다.

끼이익.

나는 문고리를 돌리고 문을 열었다. 이윽고 거대한 불꽃들이 사방에 포진한 것을 눈으로 목격했다. 불덩이라고 표현할 만한 존재가 대략 20여가량. 그 하나하나의 격은 이미 최상급에 달했다. 문을 열기 전부터 느끼고 있었기에 새삼스럽지는 않지만 직접 보니 절로 감탄이 튀어나왔다.

'정예 중의 정예.'

불의 정령들을 마주한 인상이다. 그 하나하나가 얕잡아 볼 수 있는 게 없었다.

만에 하나의 상황에서도 모든 걸 뒤집어엎을 전력!

정령왕은 보이지 않았지만 그의 측근이라 할 수 있는 존재들이 나온 것만은 확실했다.

'불의 정령은 적을 상대할 때 불덩이가 되지.'

그 말인즉, 나를 경계하고 있다는 뜻이다. 하기야 내가 알아봤는데 그들이라고 나를 못 알아볼까?

물론 초월자의 격 전부를 눈치채진 못하겠으나 만만찮은 적임을 단박에 꿰뚫었다. 그들의 기세는 실로 놀라웠고 날카로웠으며 또한 뜨거웠다.

"나의 던전 마스터시여."

크리슬리가 양해를 구했다.

한발 물러날 시기임을 깨달았다.

이미 저들은 나를 본 즉시 긴장하는 중이었다. 여기서 내가 나선다고 하더라도 좋게 풀릴 여지는 적다. 차라리 크리슬리에게 양보하는 게 대국적으로 봐도 옳았다.

"허한다."

내 말이 끝나자 크리슬리가 양손을 든 채 한 발자국 앞서 나갔다.

"불의 정령들이여, 나의 이름은 크리슬리. 우리는 그대들의 적이 아닙니다. 나는 누구보다 강렬한 불꽃을 품을 자로서 그대들에게 친선을 구합니다."

—굉장한 기운이군.

—하나 나머지 반쪽은 물의 기운이야.

—아니…… 불 쪽이 더욱 거세다.

짧은 의견 교환이 오갔다. 불의 정령들은 크리슬리의 내부를 살피며 불과 물의 기운을 가늠하고 있었다.

이윽고 가운데의 가장 큰 불덩이가 말했다.

―아이야, 네가 강대한 불의 기운을 가진 자인 건 알겠다. 하지만 느닷없구나. 하물며 뒤에 있는 자는 마족이 아닌가.

"이분은 저의 주인님이십니다. 다른 마족과는 전혀 다른 길을 걷는 분이시기도 하지요. 주인님께선 마족을 사냥하는 마족이며 방대한 지식의 소유자이십니다. 그대들의 궁금증을 풀어줄 수 있을 겁니다."

바로 보았다. 크리슬리의 말마따나 마계 옥션과 관련된 부분은 다른 마족보다 잘 알고 있다. 용케 그것을 파악하고 거래의 주제로 사용한 것이다.

다시금 정령들이 시끄러워졌다.

―마족을 사냥하는 마족?

―마족들은 원래 서로가 서로를 증오하잖아.

―대수롭지도 않군.

나에 대한 반응은 평범했다. 이게 마족을 대하는 대다수 정령의 태도다.

그때 불의 정령들의 수장이 말했다.

―우리가 원하는 정보가 무엇인 줄 알고 친선을 이야기하는가?

"무례하기 짝이 없으나, 바깥에서 그대들의 이야기를 잠시 엿들었습니다. 케르피란 이름이 나온 걸 보아하니 물의 정령들과 무언가의 이유 때문에 반목하고 있는 모양이더군요. 굳이 이곳에서 회의를 하고 있다는 것은 이곳에 도착하고 갑작스럽게 정보를 얻었다는 의미겠지요. 물의 정령들과 대립각을 세울 수밖에 없는 그런 정보를 누군가가 흘린 거라고 저는 감히 추측하고 있습니다."

크리슬리의 언변은 유창하기 그지없었다. 고작 몇 마디의 대화만을 듣고 여기까지 추론해 낸 것도 대단한 능력이었다.

'데려오길 잘했군.'

판데모니엄을 각인시키는 것도 이유지만 이런 점 때문에 크리슬리를 고른 이유도 없지 않았다.

임기응변. 머리를 굴리는 것만큼은 나보다 위임을 인정하기 때문이다. 훌륭한 수하를 둬서 나쁠 건 없었다. 그 훌륭한 수하를 적재적소에 써먹을 수 있다면 그것도 나의 재능이 될 터. 그렇게 생각하고 데려온 게 정답이었다.

─호오…… 그래서 그것을 해결해 줄 수 있다는 말이냐?

"그러기 전에 우선 이야기를 듣고 싶습니다. 해결할 수 있는 일이라면 아무런 대가 없이 해결해 드리지요."

─아니, 처음부터 너는 우리에게 친선을 구한다고 했지. 지금의 행위, 그리고 그것을 우리가 받아들인 시점에서 너의 목적은 달성이 되는 게 아닌가?

"고작 이런 일 정도로 환심을 사려할 만큼 저는 뻔뻔하지는 못합니다."

후우우웅!

불꽃이 점차 약해졌다.

잠시 후 불꽃의 속에서 한 남자가 나타났다.

붉은 머리를 지닌 거구의 사내.

그가 눈을 빛내며 입을 열었다.

"좋다. 이야기해 주지. 어차피 우리들만으로는 해결할 수 없는 문제이니 말이다."

사내는 잠시 뒤를 돌아보곤 말을 이었다.

"다들 폼을 풀도록. 이들은 적이 아닌 손님이다."

후우우웅!!

이십여가량의 정령이 일제히 폼을 풀었다. 불덩이 대신 강한 인상을 지닌 남자와 여자의 형태로 나타났다.

모두 변신을 푼 것을 확인한 사내가 너른 식탁에 앉았다. 그 반대편에 크리슬리가 자연스레 착석했다. 나 역시 이야기를 듣고자 그 옆에 자리를 잡았다. 나머지 정령들은 선 채로 이쪽을 빤히 바라봤다.

"핵심만 말하마. 우리는 우연찮게 경매에 나타날 물품으로 '지고한 불의 정수'가 들어 있다는 정보를 입수했다. 지고한 불의 정수는 우리 불의 정령들이 모시던 아홉 개의 불 중 하나이며 이만 년 전 도난당한 신이시다. 그리고 우리는 우리의 아홉 신 중 하나를 훔친 자가 물의 정령일 것이라고 추측하고 있지. 이는 우리의 불을 도난당한 직후 물의 정령이 세를 크게 넓혔기 때문이다."

"이만 년 전 도난당한 물건이 하필 이곳에 있다는 거로 군요."

"그렇다. 신의 불은 결코 꺼지지 않지만 자리를 벗어난 지 벌써 2만 년이 지났다. 슬슬 그 힘이 약해질 시기인 것이다. 힘을 전부 잃기 전에 이곳에서 판매한 후 자신들의 '격'을 올리겠단 속셈이겠지! 참으로…… 용납할 수 없는 행위다."

"하지만 경매의 물품은 마족만이 올릴 수 있습니다."

"흥! 물의 정령들과 합심한 마족이 없으란 법은 없다. 지금 너와 너의 주인이 우리를 찾아온 것처럼. 어쩌면 우리를 농락하려고 직접 찾아온 것일 수도 있지."

언뜻 보면 틀린 부분은 없었다. 물의 정령과 미리 접촉한 마족 중 누군가가 실제로 경매의 판매에 올렸을지도 모르는 일이었다.

하지만 모든 건 심증이다. 정작 훔쳐 갔다는 부분에서조차 아리송했다. 진짜 물의 정령이 가져갔다면 굳이 2만 년이나 방치한 이유가 있을까? 부딪히는 걸 꺼려해서 그럴 수도 있겠으나…… 말만 저렇지 사실 '확신'은 못한 게 아닐까.

뒤에 부분도 마찬가지다. 말도 안 되는 억지였다.

크리슬리도 그 부분을 눈치챈 듯싶었다.

"한번 주변을 의심하기 시작하면 끝이 없습니다. 하지만 먼저 짚고 갈 건 분명하군요. 그 정보를 건넨 자, 그가 누굽니까?"

"드보롱이라고 하더군. 그저 지고한 불의 정수가 판매대에 올랐다는 말만 했을 따름이지만 이미 정황상 모든 게 들어맞고 있다."

드보롱이라.

녀석의 이름이 나왔다. 딱히 신뢰는 가지 않았다.

크리슬리가 입을 열었다.

"물의 정령들이 한 짓이라고 말입니까?"

"아니라면 하필 이런 시기에, 이곳에 나타날 이유가 없지 않은가?"

크리슬리가 잠시 눈을 감았다. 지금의 단편적인 이야기만 듣고선 무언가를 떠올리기 자체가 어렵다. 이내 이맛살을 찌푸린 크리슬리가 말했다.

"지고한 불의 정수가 어떠한 것인지, 조금 더 구체적으로 들려주십시오."

"말했지 않느냐? 영원히 꺼지지 않는 불길. 아홉 개의 성스러운 불꽃 중 하나다. 더 첨언하자면 그중 지고한 불의 정수는 '지배'를 담당한다. 물의 정령들이 갑자기 세를 넓힌 것도 이 힘 덕택일 것이다."

"……."

"자, 결론을 내릴 수 있겠느냐? 없다면 우리는 결단을 내려야 한다. 우리를 기만하는 물의 정령들에게 철퇴를 가해야 해."

사내가 재촉했다. 크리슬리는 한숨을 푹 내쉬었다.

"정보가 너무 단편적이군요. 이만한 이야기 거리라면 물의 정령들도 이미 아는 내용이겠지요. 더 깊은 내용을 말해주지 않는 이상, 물의 정령들을 만나기 전까지는 제 힘만으로 풀 수 없을 듯합니다."

"아이야, 내가 할 말은 여기까지다. 물의 정령들을 만나겠다면 말리지 않으마. 분명히 발뺌하겠지만!"

고민이 더 늘었다. 잠시 후 크리슬리가 조심스럽게 물었다.

"혹…… 아르쉴라라는 자를 아십니까?"

"그 이름을 어찌 다크 엘프인 네가 아는 것이냐? 고대 물의 정령 중 하나이다. 이미 소멸한 자이지만 실력은 모두 인정했다고 하더군. 물의 정령왕 최측근의 존재이다."

그제야 감을 잡은 듯 크리슬리가 고개를 주억였다.

"알겠습니다. 그럼 물의 정령들을 만나보고 오지요."

"가는 김에 경고해라. 원래대로 돌려놓지 않으면 전면전밖에 없다고!"

과연 불의 정령. 호탕하기 그지없다.

"……나의 던전 마스터시여."

크리슬리가 자리에서 일어나 내게 말을 걸었다. 하고 싶은 말이 있다는 듯, 일단 이곳은 나가자는 기색이었다.

스윽.

자리에서 일어난 즉시 사내가 말했다.

"내 이름은 지브스! 화염의 화수 지브스다."

그의 눈이 내게 향했음을 안다. 묘한 호승심을 가지고 나를 바라보고 있었다. 이야기 도중에도 힐끔대며 나를 쳐다보았던 지브스다. 아무래도 '강자'와의 대결을 원하는 듯한데…….

"랜달프 브뤼시엘."

가볍게 그 시선을 무시하며 몸을 돌렸다.

불의 정령들이 머물던 방과 상당히 떨어진 뒤, 크리슬리가 말했다.

"제 예상이 맞는다면…… 물의 정령은 범인이 아닙니다."

"어느 정도 확신하고 있는 것 같군."

"예, 좋은 방향으로 풀릴 듯합니다. 원래는 아버지의 이름을 빌어 그들의 환심을 살 생각이었습니다만……."

진마룡 아오진.

불의 화신이라 칭해도 이상함이 없을 용 중의 용이니 불의 정령과 안면이 있어도 이상할 게 없었다. 그 인연을 발판 삼아 환심을 사는 것도 충분히 괜찮은 수다.

한데 그러지 않고 그들의 문제 해결에 나섰다는 건 보다 좋은 방향으로 이끌 자신이 있었기 때문이리라.

"지고한 불의 정수. 그 힘은 '지배'에 있으며 영원히 꺼지지 않는다. 그와 비슷한 물건을 소유한 자를 저는 알고 있습니다. 그것이 확실한진 모르겠지만, 이번 마계 옥션에 모습을 드러냈다면 가능성이 매우 높습니다."

"누구지?"

"판데모니엄입니다."

판데모니엄?

그 이름이 대관절 왜 여기서 튀어나온단 말인가.

나는 의문을 자연스럽게 입에 담았다.

"이만 년 전 도난당했다고 하지 않았나? 판데모니엄의 나이가 많아도 이만 년은 못 살았을 것이다."

노괴. 대공들 중 가장 연식이 있는 자. 하지만 이만 년은 너무 길다.

"정확히 말하자면…… 오쿨루스의 던전이 붕궤된 직후의 일입니다. 그의 던전은 무너지며 타올랐고 저를 제외한 모든 이가 발길을 돌릴 수밖에 없었습니다. 저는 그저 하염없이 몸을 숨긴 채 던전을 지켜보았지요. 그러던 어느 날, 판데모니엄이 그 불길 속에서 작은 불의 정수를 꺼내는 걸 보았습니다."

"그래도 말이 안 맞다. 오쿨루스와도 연관이 없지 않나?"

"맞습니다. 진정으로 연관이 있는 자는…… 콘테고놈입니다."

설인의 왕 콘테고놈!

허무에 물들어 나와 맞섰던 녀석의 이름이다.

타락을 사용하고 이성이 끊긴 덕분에 콘테고놈의 마지막이 기억은 안 나지만 죽였다는 확신만은 분명히 있었다.

내가 의아해하자 크리슬리가 마저 말했다.

"설인의 왕 콘테고놈. 그가 신의 불을 훔친 장본인입니다. 그로 인해 그는 설인의 왕이 되었으며 '왕'이란 칭호답게 대륙을 지배해 갔습니다. 그러나 본래 설인은 물의 속성과 연이 깊지요. 아르쉴라는 콘테고놈과 계약한 물의 정령입니다. 계약의 힘으로 말미암아 지고한 불의 정수가 가진 힘을 사용했을 겁니다. 그러면 앞뒤가 맞습니다."

탁.

작게 손뼉을 쳤다.

"계약, 계약이 있었군. 한데 콘테고놈에 대한 것을 불의 정령들이 몰랐단 말인가?"

"정령들은 중간계의 일에 크게 관심이 없으니까요. 저도 오쿨루스가 남긴 콘테고놈에 대한 것들이 적혀 있던 저서가 없었다면 몰랐을 내용입니다. 더군다나 설인의 왕 콘테고놈이 활동한 시기도 무척이나 짧았습니다. 고작 15년. 대륙을 모두 제패하기엔 터무니없이 짧은 시간입니다. 그래서 더욱 집착했던 것일지도……."

내가 사라진 이후 크리슬리는 그 원인을 조사하고자 안간애를 쓴 모양이었다. 그러다가 자연스럽게 콘테고놈에 대한 이야기도 접하게 됐으리라.

"콘테고놈이 죽고 남긴 불의 정수를 판데모니엄이 손에 넣었다?"

"나의 던전 마스터시여, 저의 예상으로는 그러하옵니다. 더욱 정확한 판단은 물의 정령들을 만난 다음에 내릴 수 있겠지요."

턱을 쓸었다.

콘테고놈의 이름이 다시 튀어나올 줄은 예상하지 못했다.

그런데 이상하다. 그 이름을 듣고 지고한 불의 정수를 떠올리는 순간 왜인지 배 속이 아려왔다.

두근!

심장도 크게 뛰었다.

배 속에 마치 이물질이 들어 있는 느낌. 여태까지는 아무렇지도 않았으나 콘테고놈을 되새기자 구역질이 날 것만 같았다.

"나의 던전 마스터시여…… 왜 그러십니까?"

"아니다. 가자."

이상한 걸 먹지도 않았고 설령 먹었다고 하더라도 내 신체가 고통을 호소할 리 없었다. 초월자의 영역에 들어선 몸뚱이가 소화하지 못하는 것은 없었다.

착각일 것이다. 여러 가지 상황에 부닥치고 긴장이라도 한 것이리라. 웃기는 이야기지만 마냥 부정할 수도 없었다.

나는 애써 고개를 저으며 발길을 옮겼다.

결과부터 말하자면, 물의 정령들은 단호하게 부정했다. 하기야 자신을 범인으로 몰아가는 행위에 찬동하는 이가 얼마나 있겠냐마는 애당초 답을 바라고 온 게 아니라는 듯 크리슬리는 개의치 않았다.

다만, 아르쉴라의 이야기를 더 자세하게 들었을 따름이다. 그중 놀라운 건 물의 정령, 그중 이곳의 수좌를 차지하고 있던 '케르피'가 아르쉴라로 말미암아 태어난 정령이라는 것이었다.

케르피는 아름다운 여성체였다. 불의 정령들과 마찬가지로 실체화를 하자 아름다운 외견과 함께 연파란 머리칼이 도드라졌다. 물로 만들어진 드레스를 입고 우아하게 앉아 입을 열었다.

"나는 호수에서 태어난 정령입니다. 그분께선 내 이름을 지어주셨어요."

크리슬리는 계약에 관해 물었다. 혹 아르쉴라와 계약한 자를 아느냐고. 그러자 케르피가 고개를 저었다.

"모릅니다. 내가 기억하는 건 나의 이름을 지어줬다는 것뿐이에요. 정령의 수명이 아무리 길어도 삼천 년 정도가 한계이니……. 내가 호수에 있을 적, 아직 정령으로서 자아를 갖추지 못했을 때 그분께서 이름을 지어주고 새로이 생명을 부여한 게 전부입니다."

정령이 태어나는 과정은 요정과는 조금 다르다. 요정은 여러 사물에서 억겁의 세월을 겪고 자연스럽게 태어나지만 정령은 특정 자연계에서 다른 정령이 이름을 부여함으로써 잉태된다.

물론 이름을 지어준다고 다는 아니다. 한참의 세월이 흘러야 정령으로서의 자각을 갖추는 것이다. 그 점만큼은 요정과 비슷했다.

결국 케르피도 아르쉴라에 관한 자세한 사항은 모르는 것 같았다.

크리슬리가 불의 정령들이 매우 노했다며 전쟁도 마다하지 않겠다던 내용을 전해 주자 케르피는 도리어 역정을 내며 자신들의 억울함을 토했다.

"바라는 바. 괘씸한 불의 정령들, 놈들이야말로 우리의 신물을 훔쳐 갔습니다! 벌써 2만 년이 지난 이야기지만 그것을 뻔뻔하게 이번 경매에 내놓았다고 들었어요. 결코 용서하지 못할 자들입니다."

2만 년이란 시간이 겹친다. 거기다가 이번 경매에 올랐다는 점도 비슷했다.

이 내용을 전한 자마저 같았다. 드보롱!

물의 정령, 그리고 케르피와의 만남은 여기까지였다.

막 문을 열고 나가려는 찰나 케르피가 물었다.

"그런데 마족, 이름이 무엇입니까? 매우 큰 위화감이 느껴집니다. 확실히 기억은 나지 않지만, 아르쉴라께 느껴본 것만 같은…… 뭔지 모를 익숙함이 있으니 굉장히 당황스럽군요."

물의 정령은 기본적으로 본질을 꿰뚫는 눈을 가졌다. 개체마다 차이는 있을지언정 제법 정확하다고 정평이 나 있었다.

케르피는 최상급 중에서도 높은 레벨의 소유자였고 그녀가 느꼈다면 무언가가 있음이었다.

"랜달프 브뤼시엘."

나는 짧게 답하며 문을 닫았다.

어쨌든 양쪽의 의견을 대강이나마 들을 수 있었다.

"결론은 내렸나?"

문을 나선 이후 나는 짧게 물었다. 이번 일은 전적으로 크리슬리에게 일임하자고 마음먹었으니 그녀의 의견에 따라 방향을 잡을 것이다.

크리슬리가 시원하게 답했다.

"생각 이상으로 정령들이 단순하다는 걸 알았습니다."

"원래 정령들은 머리가 나쁘다. 어둠의 정령들이 이상한 것이지."

꾀를 내고 실행하는 능력만큼은 어둠의 정령을 당할 자가 없었다. 어찌 보면 가장 마족과 비슷한 족속들. 탐욕적이고 본능에 충실한, 그래서 마신이 어둠의 정령들에게 마계 옥션의 제안을 한 건지도 모르겠다.

"중간에서 드보롱이 수작을 부린 건 당연합니다. 정령들도 그것을 알고 있을 테지요. 하지만 정확한 물증이 나왔고 이 과정 중 어둠의 정령이 개입할 여지는 거의 없습니다. 무려 이만 년 전의 일이니까요. 아마 지브스와 케르피는 여기서 추론을 멈췄겠지요."

"두 정령 간의 사이가 나쁜 것도 한몫했겠지. 깊숙이 들어갈수록 화만 났을 테니 말이다."

정령들이 단순하기는 하지만 그렇다고 아예 생각을 안 하지는 않았다. 그러나 불과 물의 정령들은 사이가 굉장히 나쁘다. 서로가 서로의 신물을 훔쳤다고 믿고 있었다.

다른 누군가가 개입했다고 여기기보단 서로 치고받고 하는 게 더 원하는 그림일 것이다.

이성보단 감정으로.

불의 정령은 성격 자체가 불과 같았고 물의 정령도 거센 해일처럼 급격했다. 가만히 있으면 곧 부딪칠 게 자명했다.

"나의 던전 마스터시여, 우리는 선택해야 합니다."

"물과 불 중에 말인가?"

크리슬리는 고개를 저었다.

"어둠의 정령이냐, 물과 불의 정령이냐를 말입니다."

이미 드보롱을 비롯한 어둠의 정령들이 수작을 부렸다고 확신하는 어투다. 그리고 이번 일을 밝힘에 따라서 결과가 달라질 것임을 암시하였다.

나는 곰곰이 두 선택이 불러올 이득과 손해를 따져 보았다.

어둠의 정령을 도와서 불과 물의 정령들이 부딪치기를 충동질 한다. 그 틈을 타서 어둠의 정령들이 득세하면 마계 옥션에서 출품되는 아이템과 마수의 질과 양이 좋아질 가능성이 다분했다.

반대로 불과 물의 정령에게 진실을 밝히고 어둠의 정령을 구석으로 몰아간다면?

'더욱 포인트에 목을 매게 되겠지.'

나는 오히려 후자가 끌렸다. 정령왕 아도니스를 돕는 것보다, 그를 구석으로 몰아서 도움을 바라도록 만드는 것!

어차피 마계 옥션은 지금 내게 부가적일 따름이다. 질과 양이 좋건 나쁘건 크게 상관은 없었다. 마족들이 무엇을 사는지 살피고 그들을 경계하는 게 더욱 중요했다.

반면 아도니스는 궁지에 몰리게 되거든 더욱 간절하게 손을 벌릴 수밖에 없었다. 마신의 가호가 있기에 쉽사리 멸망하진 않겠으나, 마족이 가져다주는 포인트는 '격'을 올리고 정령들의 힘을 키우는 데 필수적인 탓이다.

그 힘을 발판 삼아 정령들에게 대항하는 게 아도니스가 할 수 있는 전부다. 지금까지 쌓아온 힘이 있기에 상대가 아예 안 되진 않을 것이다.

실제로 전생에서 아도니스는 정령계 대부분을 지배했다.

이 균형을 조금 비틀 셈이다.

여기서 내 소행임이 밝혀져도 나를 내칠 수는 없다. 다른 누구보다 막대한 포인트를 사용하는 게 나다. 그야말로 계륵과 같은 존재가 되리라.

"불과 물의 정령들에게 진실을 밝히는 게 낫겠군."

계산은 끝났다. 내 마음은 한쪽으로 기울었다. 내가 답을 내리자 크리슬리는 그럴 줄 알았다는 듯 고개를 주억였다.

"그럼…… 판매자의 신원을 알아내기만 하면 되겠군요. 판데모니엄이 불의 정수를 판매대에 올렸으니 그 확증을, 물의 신기를 훔친 누군가를 알아내기만 한다면 일은 쉽게 풀립니다."

"마신의 계약으로 묶인 상태다. 허점은 찾기 어려울 텐데."

"나의 던전 마스터시여, 계약을 행한 것은 마족입니다. 아직 준비가 미흡하여 안내자가 직접 물건을 받아가고, 그것을 호위하는 모습까지 보였지요. 그 말인즉, 판데모니엄을 담당하는 안내자에게서 정보를 받으면 될 일입니다."

하기야 준비가 철저했다면 그 자리에서 모든 일이 이루어졌을 것이다. 안내자조차도 내용을 알 수 없도록 했겠지. 하지만 워낙 갑작스럽게 경매의 내용이 뒤바뀌어서 준비할 시간이 부족했다. 그러니 직접 몸으로 뛸 수밖에.

그 허점을 노리자는 것이다.

"가능하겠는가?"

조용히 처리하기엔 너무 위험한 일이다. 만약 시도했다가 발각되면 무슨 역풍을 맞을지 알 수 없었다.

직접적인 공격의 시도이고 아무리 좋게 넘어가도 적대적 관계로 돌아설 가능성이 다분했다.

힘을 갈구하는 그런 시기라면 모를까 지금 아도니스는 그다지 급한 기색이 없었다. 자신의 생각대로 모든 게 움직이고 있다고 여길 것이었으므로.

크리슬리가 조용히 말했다.

"저는 죽음의 왕 가낙의 힘을 새로이 얻었습니다. 가낙은 죽음, 그리고 어둠을 완전히 지배하려한 미치광이 흑마법사였지요. 그러나 그의 주특기는 다름 아닌 '조작'입니다. 하물며 어둠의 정령이라면 쉬이 정신 조작을 행할 수 있을 겁니다. 완전히 제압해야 한다는 전제 조건이 붙기는 하지만……."

"그렇다면 어렵진 않다. 어차피 안내자라면 창구 근처에 모여 있을 터."

"나의 던전 마스터시여, 마족들이 가장 큰 변수입니다. 그들이 설치기 시작한다면 일이 복잡해지지 않을는지요?"

물과 불의 정령들은 경매가 진행되는 장소에서 멀찌감치 떨어져 있었다.

서로 싸우는 걸 전제로 자리를 배치한 게 틀림없었다.

주변에 보이는 어둠의 정령들도 매우 극소수였다.

반대로 마족들은 성의 중심부와 가깝다.

마족들이 움직이면 어둠의 정령들도 살짝은 긴장할 수밖에 없다. 동선에 변화가 생기게 될 테고 안내자들도 자리를 벗어나 움직이리라.

하나 나는 고개를 저었다.

"아니, 혼란이 생기면 안내자 몇이 사라지는 건 신경도 쓰지 못할 것이다."

"그럼…… 그 전에 먼저 안내자들의 위치를 정확히 알아놔야겠군요."

"간단한 문제이지."

다른 누구도 아닌 내가 행하는 일이다. 내가 숨고자 한다면 이 성 내에서 나를 찾을 수 있는 이는 없었다.

크리슬리가 짧게 읍했다. 그러곤 무한한 신뢰가 담긴 눈빛을 보냈다.

전생의 기억이 정확하다면 안내자들이 모이는 장소가 따로 있었다. 그들은 그곳에서 자기가 담당하는 마족들에 대한 정보를 나누며 스스로의 성과를 자랑한다.

그리고 그 기억은 정확했다.

"진짜 살아 있었다고? 허!"

"시스템에 오류가 생긴 건지 드보롱 님도 매우 당황한 것 같더군."

"히야…… 좋겠어. 내년이면 승격해도 이상하지 않겠는걸?"

"개별 경매에서 판매할 아이템도 대단해. 반쯤 발아한 세계수의 씨앗, 근원의 정수……. 우리 정령왕께서도 그 경매에 참여한단 이야기가 오가잖아? 크흘흘!"

나는 벽 너머에 숨어서 그들의 이야기를 듣고 있었다. 안내자 대부분이 이곳에 모여 있었다. 경매가 시작하고 끝날 때 마족의 안내를 하는 것과 비상상황을 제외하면 이곳에만 있어야 하는 게 규칙이었다.

비밀 유지를 위해서다.

나는 가만히 기다렸다.

소란은 반드시 벌어지게 되어 있었다. 마족들이 하루의 절반이란 시간 동안 가만히 있을 리가 만무한 것이다.

그렇게 몇 시간이 지났을까.

쿠르르릉!

"뭐, 뭐야?"

"성이 무너지나?"

성이 진동했다. 격한 폭파 소리가 지척에서 오갔다.

"대피! 안내자들은 당장 대피해라!"

입구를 지키던 최상급의 정령 중 하나가 다급하게 말했다. 안내자들은 그 말마따나 정신없이 발을 뗐고 그때야 비로소 나는 움직였다. 그림자처럼 조용하게 접근해 판데모니엄의 담당 안내자를 낚아챘다.

"읍……!"

안내자는 놀라며 발악했지만 그래 봐야 부질없었다.

재빨리 누구의 시선도 닿지 않는 공간으로 놈을 데려갔다. 그곳엔 거대한 까마귀를 대동한 크리슬리가 기다리고 있었다.

죽음의 왕 가낙. 그의 힘을 제대로 발휘한 것이다.

크리슬리가 죽음지팡이를 꼬나 쥔 채 안내자를 바라봤다. 본래 판데모니엄의 안내자 역할을 맡았던 어둠의 정령은 그녀의 눈을 바라본 즉시 무언가에 홀린 듯 몸을 흐물거렸다.

"물의 정령들이 가진 신기를 판매한 자와 그의 안내자가 누구냐?"

"아리엘…… 디아블로……."

이어 아리엘 디아블로를 담당한 안내자의 이름과 외양 등을 설명하곤 머리를 푹 숙였다.

크리슬리를 바라보자 그녀가 말했다.

"나의 던전 마스터시여, 지속 시간이 길지는 않아서 기절시켰습니다. 하지만 지금 있었던 일을 기억하진 못할 것입니다."

"충분하다. 이제 또 다른 하나를 낚아올 시간이군."

"부디……."

걱정스러워하는 눈빛. 피식 웃으며 답했다.

"크리슬리, 나는 결코 사라지지 않는다."

"……믿습니다, 나의 던전 마스터시여."

나는 재빨리 이동했다. 이 혼란을 마음껏 이용하기 위해!

12시간이 지나고 개별 경매가 시작되었다.

나는 노움 형상의 정령을 따라서 이동하였다.

"대공 아리엘과 우파가 제대로 싸웠다고 하더군요. 휴~ 하마터면 큰일 날 뻔했습니다."

"그렇군."

"크흘흘! 그래도 원만하게 끝나서 다행입니다. 몇몇 마족 분이 중상을 입긴 했습니다만……."

어둠의 정령이 조잘대며 나를 이끌었다. 이윽고 경매장 앞에 도달하자 눈에 익은 이들이 자리하고 있었다.

"음?"

어둠의 정령은 고개를 갸웃했다. 진즉 들어가서 대기하고 있어야 할 그들이 왜 입구에서 가만히 서로 대치한 채 있는 것인지 이해할 수 없다는 듯.

실제로 불과 물의 정령은 서로를 바라보며 으르렁거리는 중이었다. 그런데도 쉽사리 움직이질 않으니 당최 이상한 일이었다.

하나 그 의문은 잠시 후 깨졌다.

나를 발견한 그들이 거의 동시에 입을 연 탓이다.

"랜달프 브뤼시엘! 기다리고 있었다. 함께 들어가도록 하지."

"지브스, 그는 우리와 함께할 겁니다."

화염의 화수 지브스. 그리고 물의 정령 케르피!

두 집단이 경쟁하는 양 나를 바라보았다.

나는 안내하던 어둠의 정령을 앞서 나가 그들의 중심부에 섰다.

이들이 이러는 이유?

간단하다. 진실을 밝힌 탓이다.

참고로 누군가를 움직이는 데 진실만큼 강력한 힘은 없다. 전생에서는 그것을 몰랐으나 적어도 이번 생에서는 그러한 진리를 깨달았다. 그리고 지브스와 케르피를 비롯한 물과 불의 정령들은 이 어두컴컴한 성에서 유일한 구원자가 나뿐임을 본능적으로 직감한 것이다.

마족들과 전혀 다른 노선을 걸으며 어둠의 정령이 계획한 암운을 걷어낸 자.

신물의 행방과…… 나는 또 하나, 모종의 거래를 하였다.

'이들의 신물을 찾아주고 관계를 맺는다.'

일의 범위가 커졌다. 처음에는 마족 간의 싸움이었으나 이제는 정령계로까지 번졌다. 거기다가 천사들의 방해도 생각하면 나 혼자서 처리하지 못할 일이 늘어날 것은 당연지사.

우군을 만들어야 한다. 적어도 다른 이들이 갖지 못한 나를 대신하여 움직여 줄 팔과 다리!

나는 그 대상으로 불과 물의 정령을 낙점했다.

어둠의 정령과 대치하며 마족들과도 깊은 연이 없기에 안성맞춤이다. 어차피 포인트는 썩어날 만큼 많았다. 이번 개별 경매에서 이 수치가 어디까지 치솟아오를지는 나조차도 모른다.

그러나 나는 자신하고 있었다. 모든 이가 내가 내놓은 아이템에 눈독들이지 않을 수 없으리라고.

특히 몇몇 것은 눈에 불을 켜고 달려들 것이다.

나는 가만히 경매장의 닫힌 문을 올려다보았다.

거대한 문, 이 건너편에 그들이 있다.

아리엘, 우파, 판데모니엄!

빙글 미소를 지었다.

'사냥꾼이 없는 산에서 저들끼리의 영역 다툼을 하고 있었지.'

하지만 이제 사냥꾼이 나타났다. 죽은 줄로만 알았던 진짜가 모습을 드러내면…… 과연 무슨 반응을 보일까?

자신의 힘을 믿고 이빨을 보일 것인가, 아니면 몸을 둥글게 말고 숨어버릴 것인가.

끼이익.

문고리를 밀었다.

동시에 환한 빛이 나를 반겼다.

2층의 네 개로 분리된 홀. 그곳에 아리엘, 우파와 판데모니엄, 그리고 아도니스가 각각 자리를 차지하고 있었다.

본래 아도니스가 앉아 있는 자리는 오쿨루스의 장소였지만 그가 죽고 사라진 지금은 공석과 같았다.

의외인 점이라면 오쿨루스의 휘하 마족 몇몇이 보인다는 것.

판데모니엄이 전부 흡수한 듯했다. 내가 그의 휘하 마족 넷을 죽였음에도 다른 파벌보다 숫자가 많았다.

아리엘이 열다섯. 우파가 열여덟. 판데모니엄이 스물!

나를 포함한 54명의 마족이 한 장소에 모여 있었다.

'오쿨루스가 죽었다고 같이 공멸하진 않은 모양이군.'

판데모니엄이 가장 숫자가 많지만 그중 일곱이 본래 오쿨루스 파벌에 있었던 휘하 마족이다.

오쿨루스가 영혼 동화를 시행해 같이 자멸할 확률이 아예 없다고 보지는 않았는데 그 효과는 생각보다 미미했던 듯싶었다.

하여간 나는 판데모니엄의 발 빠른 대처에 다소 놀랄 수밖에 없었다. 설마하니 오쿨루스가 죽자마자 그의 힘을 흡수할 생각을 할 줄이야. 아니, 생기가 거의 느껴지지 않는 걸 보면 인형처럼 조종하고 있는 것 같기도 했다. 판데모니엄은 마도에 정통하니 불가능하진 않았으리라.

그리고 내가 놀라는 것 이상으로 그는 나를 보며 믿기지 않는다는 눈초리를 보내오는 중이었다.

비단 그뿐만이 아니다.

아리엘, 우파 역시 마찬가지다.

딱히 출입을 금지당한 게 아닌 상황에서 마계 옥션에 모습을 드러내지 않았다. 모두가 죽었다고 생각했을 것이다. 드보롱도 그와 비슷하게 발표했을 터.

그런데 돌아왔다.

물론 전과 비슷하지도 않았다.

비교할 수 없으리만큼 강해졌다. 나는 초월의 영역에 도달했고 반대로 저들은 그 수준은 아니었다.

저들 또한 전생과 비교하면 놀라운 수준의 성장을 이뤄냈지만 나에 비하면 한 끗 정도가 밀리는 게 사실이다.

나는 그들의 시선을 받으며 1층의 중앙홀에 앉았다.

1, 2, 3년 차의 마계 옥션에서 이 자리는 오로지 나 혼자만 앉았었다. 다른 마족은 모두 2층의 홀에 자리를 잡았다.

하지만 내 곁으로 불과 물의 정령들이 도열했다. 그들의 중심부엔 내가 있었고 당연히 내가 두드러질 수밖에 없었다.

"랜달프 브뤼시엘……."

아리엘 디아블로. 그녀의 목소리다. 처음에는 조금 당황하였으나 이내 굉장한 흥미를 가지고 내게 시선을 던졌다.

딱히 마력을 발산하고 있지는 않지만 아리엘의 눈썰미는 보통이 아니다. 내가 초월자임을, 혹은 그와 비슷한 경지에 올랐음을 알아차린 것이다.

강자에 대한 호기심과 호승심은 마계에서 그녀를 따라올 자가 없었다. 지금은 그보다 경매에 집중하고자 애써 참는 기색이다.

나는 슬쩍 눈을 돌렸다. 입가에 호선을 그리면서.

여유!

이제야 비로소 그들과 같은 선상에 섰다고 자신 있게 말할 수 있었다. 과거에는 뭔가 부족한 느낌이 있었지만 한계를 돌파한 나는 더 이상 그들의 밑이 아니었다.

모든 면에서 평등하며 모든 면에서 앞서 나간다.

심안을 열고 아리엘의 상태창을 살폈다.

이름 : 아리엘 디아블로

직업 : 마계 대공(던전 마스터)

칭호 :

　*마왕의 적통(Epic, 마력+10)

　*웨폰 마스터(Epic, 모든 능력치+3)

　*혼돈의 전승자(Epic, 힘민체+6)

　*군림자의 길(Ex U, 힘마력+4)

능력치 :

　힘 84(+15)

　지능 92(+3)

　민첩 89(+11)

체력 85(+11)

마력 87(+17)

잠재력 (437+57/500)

특이사항 : 세 명의 대공 중 한 명. 언더헬을 다스리며 열네 마족
　　　　　의 주인입니다. 혼돈을 깨닫고 진정한 군림자의 길을
　　　　　걷기 시작했습니다.

스킬 : 웨폰 치트(Epic), 어비스 소드(Epic) 언령(Ex U), 용오름(Epic),
　　　왕의 축복(Epic)

적용 중인 스킬&아이템 효과 : 군림검(힘민체+2)

[전후 비교]

힘 75 지 76 민 81 체 73 마 87 잠재력 (372+20/500)

힘 99 지 95 민 100 체 96 마 104 잠재력 (437+57/500)

　처음 마계 옥션에서 보았을 때와 비교하면 감히 비교 자체
가 안 되는 성장이다.

　능력치 총합만 494에 이르며 명실상부 최강의 검술로 익
히 알려진 어비스 소드도 완성한 모습이었다. 전생에서 아리
엘은 5년 차에 이만한 성장은 보이지 못했다.

　그만큼 상황이 급박하게 돌아가고 있다는 방증이다.

　그럼에도 부족하다. 단순 능력치만 봐도 내가 앞선다.

　스킬이나 아이템의 효과가 넘을 수 없는 벽의 차이로 뛰

어난 영향도 있기는 했지만 나 스스로의 성장도 훨씬 가팔랐다.

"음……!"

반면 우파는 어떤가.

그도 내 출현을 전혀 예상치 못한 것 같았다. 아예 예정 안에 넣지 않은 듯 미간을 찌푸렸다. 아리엘과 달리 내 진면목을 완전 간파하진 못한 듯싶었다.

판데모니엄은…… 견제하는 시선으로 나를 바라보는 중이었다.

마족 넷이 증발한 일의 주범이 나임을 확신했으리라.

하지만 기린과 인간들의 연합 공격에 섣불리 움직이지도 못했을 것이다.

지금 와서 파악한 걸 뒤늦게 후회해 봐야 늦었다. 나는 아무런 피해 없이, 도리어 그간 수많은 준비를 갖춘 채 이 자리에 섰다.

'수준은 비슷하군.'

심안을 돌려서 대공들의 상태창을 살핀 결과 능력치 총합 자체는 비슷비슷했다. 다른 점이라면 스킬과 칭호, 아이템 등이었다. 누가 강한지는 직접 붙어봐야 알겠지만 지금으로선 아리엘 디아블로가 무력적 측면에서 우월한 것 같았다.

"쯧."

불현듯 들려온 소리.

어둠의 정령왕 아도니스였다.

그는 언짢은 것처럼 혀를 찼다.

하기야 그는 불과 물의 정령이 부딪치길 바라고 있었다. 싸울 자리까지 마련해 줬는데 전혀 그런 기색이 없자 실망을 금치 못했다.

그 와중, 나를 조금이나마 의심하는 시선을 보내오기도 하였다. 확증이 없으니 그저 지켜볼 뿐이었다.

"안녕하십니까! 이 뜻깊은 자리를 함께할 드보롱이라고 합니다."

촤악!

하늘하늘한 커튼이 걷히며 피에로 분장을 한 드보롱이 나왔다. 활짝 웃으며 주변을 둘러보곤 그가 고개를 주억였다.

"경매의 규칙이 바뀌어서일까요? 익숙하지 않은 얼굴들도 보이는군요! 게다가…… 죽은 줄 알았던 손님분이 살아 돌아오셨습니다. 랜달프 브뤼시엘 님!"

짧게 고개를 흔드는 걸로 응수해 주었다.

'능청스럽군.'

진즉 연락이 닿았지만 드보롱은 전혀 몰랐다는 태도를 취하고 있었다. 연기력 하나는 수준급이었다.

"바뀐 규칙은 모두 알고 있으리라 봅니다. 손님분들이 내놓은 아이템을 판매하는 시간이지요. 과연 어떠한 물건이 있을지 저 드보롱은 무척이나 기대되는군요!"

이 대목에선 나도 살짝 궁금증이 들긴 했다.

다른 마족들이라고 이 개별 경매에 의미를 안 두지는 않았을 것이었다.

본 경매에 들어가기 전, 부족한 포인트를 채울 수 있는 기회다. 필요 없는 걸 처분하거나 '지뢰'를 깔아놨을 가능성도 있었다.

예컨대 저주가 걸린 아이템 등이다. 단순한 관찰 스킬로는 결코 꿰뚫어 볼 수 없는 수준 높은 저주 아이템을 경매에 내놔 그것을 구매한 마족이 손해를 보도록.

아니면 특정 조건에서 발동되는 스킬, 몰래 추적 마법을 걸어놨을 수도 있겠다. 그것을 구매한 마족이 만만한 녀석이라면 추적하여 털어버릴 계획을 세운다거나 하는 식으로 말이다.

여러모로 구매하기 전 심사숙고하여 결정해야 함이었다.

드보롱이 천천히 말했다.

"아이템의 입찰은 간단합니다. 포인트를 높게 부른 쪽이 갖는 것이지요. 하지만 가진 바 이상의 포인트를 입 밖에 내면 천장에 달린 소녀와 소년상이 비웃음을 흘릴 겁니다. 믿음이 안 가면 실험을 해보셔도 좋습니다."

알고 있는 사항이지만 새롭게 참여한 정령들 때문에 한 번 더 설명하는 느낌이었다. 어쨌거나 경매장은 금세 숙연해졌고 그 사이에서 드보롱이 팔을 활짝 폈다.

"모든 손님분께 다시금 인사드립니다. 만나서 반갑습니다. 정령님들 같은 경우 구매하고자 하는 아이템이 있다면 자신의 '격'을 지불하면 됩니다. 그럼 시스템이 판단하여 그에 할당하는 포인트를 내줄 것입니다."

자신만만한 미소.

싸움을 붙이겠단 계획은 수포로 돌아갔지만 이곳에 모인 불과 물의 정령들은 전부 강자다. 정예들만 모였다. 이들의 격을 낮출 수만 있다면 그것도 이득이라 판단한 듯했다.

'드보롱, 지금 그들의 역할은 내 병풍 이상이 아니다.'

구매는 내가 한다. 불과 물의 정령들은 나를 띄우는 역할에 지나지 않는다.

정령들이 가진 신기라는 것도 제법 궁금했다. 만약 이들과의 동맹보다 더한 가치가 있다고 사료된다면 그대로 내가 가지면 그만이었다. 여러모로 어둠의 정령들의 계획은 물거품으로 돌아갈 공산이 컸다.

"자, 기대하고 기대하던 바로 그 시간입니다. 경매를 시작하도록 하지요! 물건이 많은 관계로 두 번에 나누어 진행하도록 하겠습니다. 중간에 한 시간가량 쉬는 시간을 갖지요."

짝!

드보롱이 한 차례 손뼉을 치자 일꾼들이 물건을 가져왔다.

커다란 석상, 가고일의 형태를 하고 있었다.

"이건 또 의외의 물건이군요. 느껴지는 마력이 범상치 않습니다. 섬세한 가고일 조각상! 마력뿐만이 아니라 예술가의 혼도 함께 담겨 있는 듯이 유려하기 그지없군요. 시작가는 5만 포인트입니다.”

이름 - 섬세한 가고일 조각상

설명 : 한 조각가가 혼신의 힘으로 조각한 조각상. 가고일이 바로 뛰쳐나올 듯 생동감이 넘친다.

*반경 10㎞ 내 가고일의 번식률 15% 증가

**예술가의 저주가 걸려 있다. 소유하게 되는 순간 귀속되며 마력이 1 깎인다.

‘역시.’

정상적인 물건을 정상적인 경로로 판매할 리가 없었다. 아예 포인트를 벌고자 판매하는 경우가 아니라면…….

“5만.”

하지만 옵션이 절묘하게 숨겨져 있었다. 일반적인 관찰 계열 스킬을 가진 마족은 낚여 나갈 수밖에 없었다.

시작가도 저렴했고 번식률과 관련된 아이템은 굉장히 희귀했다.

“후작 하마투안 님!”

“10만.”

“백작 시엘 님!”

....

가격이 올랐다. 하지만 생각보다 많은 이가 낚이진 않았다. 몇 차례 오가더니 곧 종결되었다.

"30만 포인트에 백작 푸루룸 님께 낙찰되었습니다! 축하합니다!"

나는 가만히 팔짱을 낀 채 그 과정을 지켜봤다.

하려면 할 수는 있었지만 딱히 바람잡이를 할 정도로 대단한 물건은 아니었다. 하여 그저 지켜보고만 있었다.

그 뒤로 몇 가지 아이템이 더 나타났다.

문제라면 정상적인 물건이 거의 없다는 것.

있어도 그다지 좋지는 않았다. 말 그대로 잡스러운 아이템을 그냥 팔고자 내놓은 것이다.

앙겔라의 화분, 전력 신발과 같이 쓸 만한 아이템이 간간이 나오긴 했지만 나는 단 한 번도 손을 들지 않았다.

내가 기다리는 건 그런 잡스러운 것들이 아니었다.

마침내 스무 번째 경매 물품이 등장하자 분위기가 바뀌었다.

"이번에 판매할 아이템은 대단합니다. 놀라지 마십시오! 지고한 불의 정수. 영원히 꺼지지 않는 불꽃! 지배의 권능을 가지고 있는 절대자의 아이템! 지금 소개합니다!"

드보롱은 목에 핏줄을 세우며 열변을 토했다.

일꾼들이 커다란 철창 하나를 가져왔다.

그 안에, 지고한 불의 정수가 들어 있었다.

"굉장한 불이군."

"묘한 마력이야……."

마족들이 그에 따른 감정을 시작했다.

"오오, 우리의 아홉 신 중 하나시여!"

"힘이 다했을 텐데도 저리 타오르다니!"

불의 정령들도 흥분하며 경건한 자세를 갖췄다. 하지만 나는 그들의 행동에 동참할 수가 없었다.

'저게 불이라고?'

그들이 불이라 칭하는 그것.

지고한 불의 정수가 내 눈엔 전혀 다르게 보였다.

'두 발 달린 용으로밖에 보이지 않을진대.'

붉은 용과 두 발 달린 짐승을 교배시키면 저런 형태가 나올 것도 같았다.

혹시 몰라 심안을 열었다. 저 용의 정체가 심히 궁금해진 탓이다.

이름 - 지고한 불의 정수(???)

설명 : 아홉 가지 불 중의 하나. 영원히 타오르며 '지배'하는 힘을
　　　　지녔다.

설명은 짧았다. 이름도 다르지 않았다. 하지만 저게 전부

일 리 만무하다. 내 눈이 헛것을 보았을 리는 없었고 그렇다면 에픽 등급의 심안으로도 확인하지 못할 봉인이 걸려 있거나 다른 이유가 있다는 뜻이었다.

그르릉!

죽은 듯이 쓰러져 있던 용이 눈을 떴다.

그와 동시에.

'음.'

배 속이 타는 것만 같은 고통이 느껴졌다. 이질적인 무언가가 안에 있는 느낌.

인상을 찌푸리며 용과 눈을 마주쳤다.

'너는 누구냐?'

분명히 처음 보는 존재다. 나는 저렇게 생긴 용을 알지 못한다. 그런데도 원래 알고 있었던 것처럼 익숙하기 그지없었다.

그르르르릉!

불의 정수가 거친 콧김을 내뿜으며 양손으로 철창을 쥐었다. 그러자 녀석의 몸에서 불길이 치솟았다.

하나 그뿐이었다. 타오르긴 하였으되 철창을 잡아 뜯지는 못했다. 강한 척을 하고 있지만 왜인지 무척 약해진 상태였다.

"우리의 정수께서 태동하신다!"

"이놈들……! 당장 저 철창을 열어라!"

불의 정령들은 싸움도 마다하지 않겠다는 듯 자리에서 일어났다. 몇몇은 아예 화염구의 형태를 갖춰서 전투준비를 끝마쳤다.

최상급의 격을 갖춘 정령들이다. 이깟 성 하나쯤은 먼지도 남기지 않고 타버릴 것이다. 어둠의 정령들이 갖춘 전력도 만만치는 않겠지만 전혀 아랑곳 않는 태도였다.

드보롱은 어느 정도 예상하고 있었다는 듯 유연하게 대처했다.

"잠깐 기다려 주십시오. 경매장에서의 혼란은 저희 어둠의 정령들도 원치 않습니다. 어디까지나 이것은 '경매 물품'이고 최종 입찰자에게 넘어가도록 되어 있습니다. 그리고 정령들은 자신의 '격', 혹은 '계약'을 통해서 그 값어치를 지불할 수 있지요. 예컨대……."

음흉한 미소와 함께 드보롱이 지브스를 바라봤다.

화염의 화수 지브스!

그는 무척이나 아니꼬운 표정으로 드보롱을 노려보고 있었다.

"불의 정령, 그중 서열 4위인 화염의 화수 지브스 님의 경우라면 일정한 격을 지불해 능히 수천만 포인트를 손에 쥐는 것도 불가능하진 않습니다. 아니면 이곳의 누군가와 간이 계약을 통해 포인트를 조달하는 방법도 있지요."

그 누군가는 마족이 될 수도 있고 어둠의 정령이 될 수도 있었다. 하지만 드보롱은 굉장히 자신 있어 하는 모습이다.

만약 계약을 하게 된다면 어둠의 정령과 할 가능성이 높았다. 적어도 정령인 이상 '계약'의 이행에 있어선 철두철미하기 때문이다.

이곳에서 처음 본 마족들과 계약 따위를 할 리는 만무하다고 드브롱은 생각하는 것인지도 모르겠다.

"그런고로, 구매하십시오! 이곳은 경매장입니다! 눈이 돌아갈 만큼 훌륭한 아이템들, 탐이 나는 강력한 마수들 등. 보는 순간 절로 침이 고이는 모든 것을 판매하는 곳이지요! 보다 많은 포인트를 가진 이는 보다 좋은 물건을 구매하게 될 것이며 그렇지 못한 이는 상대적으로 도태될 수밖에 없습니다. 우리는 모두에게 평등한 기회를 제공합니다!"

말을 끝마친 드보롱이 짧게 인사를 했다. 지금까지 자기의 말을 들어줘서 고맙다는 듯. 도태와 평등 사이에 느껴지는 괴리가 상당히 심했지만 그것을 일부러 문제 삼는 이는 없었다.

이미 동의를 하고 들어온 것이다. 마족들이야 두말할 필요도 없고 정령들도 계약서를 받았을 가능성이 높았다.

자신의 '격', 혹은 '계약'을 통해 얼마의 포인트를 가질 수 있는지도 사전에 들었으리라.

"다시 경매를 진행하겠습니다. 지고한 불의 정수! 불의 정령들이 본래 모시던 아홉 가지 불 중 하나이며 그 힘은 '지배'

를 담당한다고 합니다. 아직 밝혀지지 않은 부분도 수없이 많이 존재합니다. 시작가는…… 500만 포인트!"

내가 없을 적 마족들이 보유한 평균 포인트가 300만이라고 했었다. 그것을 훌쩍 뛰어넘는 포인트로 시작했다는 건, 아무리 봐도 마족들에게 판매하려는 셈은 아니었다.

어디까지나 불의 정령들을 저격한 것이다.

바로 '구매하고 싶으냐? 그럼 격을 팔아라. 아니면 우리와 계약을 해라'라는 뜻이었다.

어둠의 정령에게는 어느 쪽이든 이득이었다.

격을 판다면 상대 진영 정령들의 힘이 축소되는 것이고 계약을 맺게 될 경우 그것을 이용해 여러 가지 전략을 세울 수 있다.

드보롱, 그리고 아도니스의 표정에 흡족한 미소가 서렸다.

너희는 사지 않을 수 없다고 말하는 듯싶었다.

"500만 포인트."

"나왔습니다! 500만 포인트. 랜달프 브뤼시엘 님…… 이 군요."

마지막 목소리가 꺾인다. 나를 바라보는 눈빛. 알게 모르게 그의 눈썹이 살짝 찌푸려진 걸 잡아냈다. 등장부터 시작해서 다른 정령들의 편을 들어주는 모양새가 그의 심기를 건드린 모양이다.

그러나…….

'드보롱, 영원한 우군은 없다.'

처음부터 각자의 이득을 위해 움직였다.

드보롱이 내게 경매 물품을 미리 알린 것이나 거래를 제안한 것도 이득을 얻기 위해서다. 나 역시 이득을 위해 불과 물의 정령들을 대동한 것이고.

그것을 배신당했다는 것처럼 여기지는 않기를 바란다.

마지막 승자를 위한 게임.

전생의 경험상 이 판에는 영원한 적도, 영원한 우군도 없었다.

모든 건 상황에 따라 바뀌게 마련.

거기다…… 개인적인 흥미도 있었다.

'너의 진짜 정체를 알고 싶다.'

다른 이들은 그저 불이라고 부르는 존재.

하지만 내게는 전혀 다른 의미로 다가왔다.

저 두 발 달린 용을 보게 된 순간부터 계속해서 다가가고 싶다는 욕망이 들었다.

내 안의 무언가가 저 존재를 잡으라고 말하는 중이었다.

"500만 나왔습니다. 더 안 계십니까?"

"600만."

"……아리엘 디아블로 님!"

이번에도 정령들은 참여하지 않았다. 아리엘 디아블로. 대공인 그녀가 불의 정수에 눈독을 들였다. 저게 무엇인지 제대로 알고 있지 않고선 하지 못할 과감한 선택이었다.

하지만 그녀의 파격적인 선택은 그뿐만이 아니었다.

타악!

2층 홀의 난관을 벗어난 그녀가 대뜸 내 옆에 앉은 것이다.

그녀를 바라보는 휘하 마족들의 눈에 경악이 서렸다. 어쩔 줄 몰라 하는 모습으로 멀뚱히 나와 아리엘만을 번갈아 쳐다봤다.

우파, 판데모니엄은 아예 헛웃음을 흘렸다.

하지만 비웃음은 아니다. 경계의 기색이 어렸다.

내가 등장한 지 얼마 되지 않은 시기라면 모를까 지금의 나는 예전과 전혀 다른 존재감을 떨치고 있었다.

특히 판데모니엄은 가시방석에 앉은 기분일 터.

그는 내가 오쿨루스를 죽였음을 은연중 깨닫고 있을 것이다. 현실을 부정해도 그만한 일을 저지를 자는 나밖에 없었다. 그러나 나는 사라졌고 판데모니엄은 내 던전을 공격했다.

선전포고와 같다. 던전의 중심부까지 침투했으니 이미 놈과 나는 결코 함께할 수 없는 '적'이 되었다.

내가 없었으면 모르되……

대공들은 이미 수백 년간 싸워온 탓에 절대로 손을 잡을 리 없지만 나는 다르다.

화가 난 내가 우파나 아리엘과 손을 잡는다면 판데모니엄은 힘겨운 싸움을 이어가게 될 것이 뻔했다.

그것을 아니 발을 동동 구를 수밖에.

'뭐 하는 수작이지?'

하나 나도 의아하긴 매한가지였다.

아리엘은 유일하게 종잡을 수 없는 대공이다. 그녀는 매우 변덕스러웠다. 내 옆에 온 것도 어떠한 의도인지 전혀 읽히지가 않았다.

그러거나 말거나 아리엘은 꿈쩍도 하지 않았다. 도리어 뻔뻔스럽게 나를 쳐다보곤 말했다.

"랜달프, 랜달프 브뤼시엘. 나와 같이 앉게 된 소감이 어떠하냐?"

"불쾌하군."

"하하! 맞다. 나도 그러하다. 랜달프 브뤼시엘, 너는 실로 불쾌한 놈이다."

무슨 말을 하고 싶은 건지 도통 모르겠다. 하여 고개를 돌려 버리고 드보롱을 쳐다봤다. 어서 경매나 진행하라는 뜻을 보냈다.

하지만 아리엘의 말이 한 발자국 더 빨랐다.

"나는 마왕의 적통이며 마계를 주름잡을 대공이니라. 어려서부터 모든 것을 오시할 수 있었고, 모든 것을 좌지우지할 수 있는 자리에 있었지. 내 뜻대로 되지 않는 건 여태껏 하나도 없었다. 언제나 깨끗하게 닦인 길만을 걸을 특권이 내겐 있었다."

나는 이맛살을 구겼다.

"하고 싶은 말이 뭐냐?"

아리엘이 한쪽 입꼬리를 올렸다.

"마계 옥션에 나타날 때마다 너는 달라졌다. 모든 사물을 대하는 태도, 스스로의 자신감. 그러나 너와 우리 대공들 사이에는 보이지 않는 벽이 존재했느니라. 그래서 모두가 너를 크게 여기지 않았다. 너 자신도 은연중 알고 있었을 테지. 하지만…… 이번에는 다르구나."

아리엘의 두 눈이 내게 향했다. 그 눈에는 무궁무진한 '궁금증'이 아롱이 새겨져 있었다.

"이번에야말로 너는 벽을 넘었다. 나는 지금 그 벽을 넘은 자에게 짧은 축하를 보내고자 이 자리에 앉은 것이다."

스윽.

말을 끝마친 아리엘이 자리에서 일어났다. 그리고 2층의 홀을 바라봤다.

"오쿨루스는 죽었다. 우리와 수백 년을 싸워온 그 녀석이 말이다. 하나…… 적어도 내가 생각기에 그의 죽음은 우리와 관련이 없을 것이다. 이런 결과를 그대들은 납득할 수 있는가?"

우파와 판데모니엄에게 묻는다.

우리의 적이 우리와 관련 없는 곳에서 죽었음을 인정할 수 있느냐고.

대답은 없었지만 우파나 판데모니엄도 살짝 마음에 들지 않기는 한 모양이다. 그리고 그 범인이 나임을 은연중 모두가 깨달은 듯싶었다.

"나는 랜달프 브뤼시엘을 새로운 네 번째 대공으로 인정한다. 그는 우리와 싸울 충분한 격을 갖췄으며 이 자리까지 오로지 자신의 힘으로 올랐느니라. 새로운 길을 개척한 것이다! 개척자에겐 본래 경의를 보내야 하는 법."

이건 또 뜬금없는…….

나는 할 말을 잃었다. 그럴 수밖에 없었다. 아리엘 디아블로는 변덕이 심하지만 남을 쉽게 인정하는 자는 아니었다.

휘하 마족으로서 들이긴 해도 자신과 '동등'한 권리를 주진 않는다.

은연중 다른 대공들마저 깔보는 게 그녀였다. 그녀만이 정통성을 주장할 수 있으니 당연하다면 당연했다.

한데…….

아리엘이 고개를 돌려 나를 바라봤다.

"랜달프 브뤼시엘, 지금부터 너는 나의 적수다."

맞다. 아리엘이 이 말을 꺼낸 순간, 돌이킬 수 없는 적대적 관계가 형성됐다.

대공은 대공끼리 연합하지 아니하는 게 수백 년간 이어진 규칙. 즉, 나는 누구의 편에 들 수 없고 누구도 내 편에 들지 못한다.

"인정한다."

판데모니엄이었다.

그 사실을 깨달은 즉시 인정해 버린 것이다.

"아리엘! 판데모니엄! 드디어 미쳤느냐?"

우파만이 어이없다는 듯 항변했다. 하지만 아리엘과 판데모니엄은 요지부동이었다. 심지어 시스템마저 우파와 다른 판단을 내렸다.

[불가능한 업적! 최초로 마계 대공들의 인정을 받았습니다!]

[대공이란 마왕 다음가는 절대적인 존재. 그들 다수의 인정을 받은 이는 마계 역사상 전무했습니다. 마왕이 없는 지금, 그들이 인정한 자는 충분히 대공으로서의 격을 갖췄다고 판단, 대공으로의 품격을 부여합니다.]

[상태창의 표시가 '마계 백작'에서 '마계 대공'으로 변경됩니다.]

[이제 휘하 마수를 빈 던전의 '던전 마스터'로 임명하는 게 가능해집니다. 던전 마스터가 된 마수는 마족과 같은 권리를 가지며, 마계 옥션 등에도 참여할 권한이 생깁니다.]

[6,000,000pt가 지급됐습니다.]

[업적 점수 5,000점이 추가됩니다.]

주먹을 움켜쥐었다.

나는 그들과 같은 자리에서 서로 치고받길 원했다. 그리하여 정식으로 마왕이 되는 게 내 꿈이었다.

지금 그 꿈에 한 발자국을 더 다가선 것이다.

홀로 강해져서 그들보다 우위에 있을 수는 있지만 인정을 받고 받지 않고의 차이는 크다.

아무것도 없던 나에게 '정당성', '정통성'이 부여되었으니 말이다!

"마신이 만든 시스템도 너를 대공으로 인정한 모양이구나."

아리엘 디아블로는 그것이 진정으로 기쁜 듯싶었다.

자신의 혼을 울릴 적수가 등장했음에 주체하지 못하는 것이었다.

투욱.

그러곤 다시 내 옆에 앉았다. 적수로 인정했으면서 이러는 저의가 뭔지 잠시 의문이었으나 그다지 아무런 생각도 없을 가능성이 컸으므로 나도 무시하기로 하였다.

"진행자여, 오늘은 기쁜 날이다. 하지만 하던 건 마저 해야 하지 않느냐?"

드보롱이 정신을 차렸다.

"아…… 축하드립니다. 그럼…… 경매를 재개하지요. 아리엘 디아블로 님께서 600만 포인트를 부르셨습니다! 더 입찰할 분 안 계십니까?"

"700만."

"랜달프 브뤼시엘 님! 혹시 2년간 포인트만 모은 거 아닙니까? 대단하군요."

빠득!

내가 700만을 부르자마자 지척에서 이 가는 소리가 짧게 들렸다. 그러곤 아리엘이 마음에 안 든다는 듯 작게 혀를 찼다.

방금 전까지만 하더라도 만족하며 미소 지었건만 태세 변화가 심상치 않다.

'정말 알 수가 없군.'

나도 내심 고개를 저었다.

다른 대공들보다 아리엘 디아블로가 가장 어려운 상대임이 이번에 확실해졌다. 게다가 600만이란 포인트를 보유하고 있다는 사실에 제법 놀랐다. 위의 시스템 메시지로 인해서 대공들이 더욱 많은 포인트를 벌 거라고 추측이 가능해졌지만 그래도 대단한 수치임은 분명하였다.

평균 300만. 그중 아리엘이 얼마만큼의 비중을 차지하고 있을까.

"800만!"

하나 아리엘은 달리는 걸 멈추지 않았다. 천장의 소년과 소녀상은 웃지 않았다.

800만이라……

어지간한 확신 없이는 지르지 못할 액수다.

'지고한 불의 정수가 가진 값어치를 알아봤다는 말인가?'

사실 나조차도 반신반의하고 있었다. 불의 정령들과 모종의 접촉을 취하지 않았다면, 앞으로도 취할 생각이 없었다면 마음 편히 넘어갔을 아이템이었다.

이제는 진심으로 고민해 볼 수밖에 없었다.

더 지를 것인가, 여기서 멈출 것인가…….

불의 정령들도 700만 포인트가 얼마나 많은 수치인지는 대강 알고 있을 것이다. 애당초 '격'이란 걸 무언가를 지불해서 산다는 게 말이 안 됐으니.

일단 성의는 보였다. 더 달리지 못한다고 해서 불의 정령들이 나를 욕한다면 그건 그야말로 웃기는 일이다.

정히 구하고자 한다면 자신의 격을 팔든가 계약을 통해서 방법을 취할 것이다. 뻔히 알려진 방법이건만 가만히 있는 건 말이 안 된다. 자신들은 아무런 노력도 하지 않고 거저먹겠다는 심보이지 않은가.

별다른 행동을 보이지 않는다면 생각보다 집착하지 않는다는 것이고 그럴 경우 정수를 구해줘 봤자 '표면'으로만 동맹 관계에 놓일 가능성이 다분했다. 하여 불의 정령들이 가진 진심을 보고 싶었다.

나는 한 차례 어깨를 으쓱했다. 이후 지브스를 바라보며 고개를 저었다.

'여기까지'라는 행동.

물론 간만 보는 것이다. 아리엘 디아블로가 물건을 보는 안목은 상상 이상이다. 나도 뭔지 모를 끌림을 가지고 있었다. 지고한 불의 정수를 살 이유로는 충분했다.

지브스는 내가 전한 뜻을 알아차리곤 인상을 굳혔다.

이어서 간절한 눈빛을 보내왔다. '더 이상의 여력이 없느냐'고 묻는 듯이.

쯧!

작게 혀를 찼다. 있기야 있지만 저기에 전부 쏟아부을 수는 없었다. 내 딴에는 안타깝다는 표정을 열심히 지어 보였다.

"대공 아리엘 님께서 800만 포인트를 부르셨습니다! 더 안 계십니까? 지고한 불의 정수는 불의 정령들이 모시는 아홉 가지 불 중에 하나입니다. 불의 정령이 아니라 다른 손님들께서 입찰 경쟁이 붙은 건 의외입니다만…… 앞으로 다섯을 세겠습니다."

드보롱이 불의 정령들을 비꼬며 경매를 진행했다.

자기네들 물건을 다른 이들이 구하고자 하는데도 계속해서 가만히 있을 거냐는 듯 은근히 무시하는 어조를 아래에 깔았다.

지브스의 표정이 더욱 찌푸려졌다. 드보롱의 계획을 나로 인해 알게 됐으니 여기서 분노한다면 어둠의 정령들이 짜놓은 계획에 말려들 뿐이었다. 그것을 모르지는 않으나 저 말도 틀리진 않는지라 더욱 조바심이 생겼다.

'어찌할 것이냐, 지브스?'

나는 그러면서도 짐짓 여유로운 자세를 취했다. 다리를 꼬고 턱을 올려 세우며 지금까지 보여준 게 전부가 아니라는 '여유'를 확실하게 어필했다.

지브스는 나와 드보롱을 번갈아 보며 갈등에 휩싸여 있었다. 그에게 선택지는 두 가지밖에 없었다.

격을 파는 것과 계약을 하는 것!

"다섯, 넷, 셋, 둘⋯⋯."

드보롱이 '하나'를 외치려는 순간 지브스가 나섰다.

"계약을 하겠다. 나 화염의 화수 지브스가 직접 말이다."

드보롱의 입가에 미소가 짙어졌다.

"지브스 님의 계약이라면 그 이상의 값어치가 있지요. 하지만 800만 이상의 포인트를 보유한 이어야겠군요. 그조차 여유롭게 쓸 수 있는 분이 아니라면 힘들 겁니다."

드보롱이 은근슬쩍 아도니스를 바라봤다.

하기야 가장 여유가 있는 이를 꼽으라면 아도니스 외에는 없다. 어둠의 정령왕, 마계 옥션의 책임자. 4년간 쌓아놓은 포인트가 상당할 터.

다른 대공들도 그만한 포인트를 보유하고 있지 말라는 법은 없지만 제아무리 지브스의 계약이라 한들 쉽게 내주진 못할 것이었다.

그러나 지브스는 고개를 내저으며 나를 가리켰다.

"랜달프 브뤼시엘, 그를 내 계약의 상대로 삼겠다."

"……확실히 그는 여태껏 진행된 경매에서 놀라운 모습을 자주 보여주었지요. 하지만 계약이란 쌍방의 동의가 필요한 법입니다. 랜달프 브뤼시엘 님, 지브스와 계약을 하시겠습니까?"

800만 이상의 포인트 출자. 아무리 나라도 조금은 부담이 되는 건 당연하다. 본 경매가 시작되지도 않았는데 그만한 포인트를 소모하는 일. 신중히 움직여야 했다.

하나, 나는 내심 미소를 지었다.

화염의 화수 지브스!

그와의 계약은 단순히 그 하나만의 계약으로 끝나지 않는다. 불의 정령들과 안면을 확실하게 터놓는 계기가 되리라. 더불어서 그로 인한 미개척 업적들도 손에 넣을 수 있을 것이었다.

이는 결코 손해가 아니다.

"계약을 하지."

[최상급 불의 정령, 화염의 화수 지브스와 계약을 진행합니다.]

[이 계약은 '지고한 불의 정수'를 '사용자'가 구매하였을 때 비로소 완전해집니다.]

[구매하는 데 소비된 포인트에 따라서 '화염의 화수 지브스'를 사

용할 권리를 획득합니다.]

동시에 메시지 창이 떠올랐다.

요컨대 내가 사용한 포인트 액수만큼 지브스를 부려먹을 수 있다는 뜻이었다.

"그럼 몇 포인트를 부르시겠습니까?"

아리엘 디아블로가 800만을 불렀다. 이다음으로 부를 액수는 900만이 적당할 것이다.

"1,500만."

"……천오백만이 확실합니까?"

드보롱이 경악하며 되물었다.

나는 고개를 주억였다.

1,500만 포인트!

거의 두 배로 껑충 뛰었다.

굳이 이렇게 부른 이유는 간단하다. 높은 가격을 부를수록 지브스와의 계약이 더욱 굳건해지는 탓이다.

내 계획은 판을 키우는 것이었다. 불의 정령을 확실하게 옭아맬 수만 있다면 1,500만 포인트는 기꺼이 출자할 수준의 액수였다.

지브스는 불의 정령 중 서열 4위다. 그가 움직이면 주변의 다른 정령들도 움직이게 되어 있다.

"대공 랜달프 님께서 천오백만 포인트를 부르셨습니다.

더 입찰할 분, 안 계십니까?"

있을 리가 없었다.

그나저나 '대공 랜달프 님'이라…….

'어감이 괜찮군.'

피식 웃고 말았다.

백작 나부랭이가 단번에 대공의 자리를 꿰찼으니 헷갈릴 법도 하건만 드보롱은 과연 능수능란한 진행자였다.

"욕심이 과한 거 아니냐, 랜달프 브뤼시엘?"

아리엘이 괜스레 비꼬았다.

나는 고개조차 돌리지 않았다. 서로의 욕심을 관찰할 정도로 가까운 사이도 아니었거니와 솔직히 껄끄러운 면도 없잖아 있었기 때문이다.

이럴 땐 무시가 답이었다.

"축하합니다. 대공 랜달프 님께서 지고한 불의 정수를 낙찰받으셨습니다!"

드보롱이 슬쩍 나를 바라봤다. 처음에는 의심이었으나 지금은 어느 정도 '확신'을 가진 듯했다. 다른 정령들과 내가 모종의 거래를 했음을 말이다.

'확증 없이 나를 몰아갈 순 없을 것이다.'

그러면 되었다. 어쨌거나 규칙을 위반한 것도 아니니 경매장에서 나를 내쫓을 순 없었다. 저들이 확증을 가지고 움직일 때쯤이면 전쟁이 본격화되었을 것이고 그리 된다면 내 포인트가 아까워서라도 나를 내칠 수 없다.

계륵!

그와 같은 존재가 되는 게 내 목적이었다.

지브스가 나를 바라보곤 짧게 고개를 숙였다. 고맙다는 인사를 전한 것이다.

'나중에 가서도 고마워할 수 있을지는 모르겠군.'

나는 철저하게 본전 이상을 빼먹을 작정이었다. 1,500만을 단순히 물건을 사자고 투자했을 리가 없었다.

과연 부려먹히면서도 고마움을 유지할지는 두고 볼 일.

이윽고 드보롱이 살짝 긴장하며 입을 열었다.

"다음으로 판매될 물품은…… 근원의 정수입니다."

'그럼…….'

나는 입가에 미소를 그렸다.

드디어!

오매불망 기다리던 시간이 다가왔다.

이제 놈들이 가져간 포인트를 회수할 때였다.

Dungeon Hunter

"1,500만."

"1,600만."

"1,700만."

"2,000만!"

"……근원의 정수가 아도니스 님께 낙찰되었습니다."

드보롱이 근원의 정수에 대한 설명을 안 해도 마족들은 모두 관찰 계열 스킬을 가지고 있었다. 숨겨진 옵션이 있는 것도 아니라서 근원의 정수를 사고자 하는 마족들의 입질이 끊임없이 계속되었다.

무려 한계 돌파를 강제적으로 시켜주는 아이템이다. 그 값어치를 모르는 이는 없었고 천만 부근까지 대공들이 바짝 쫓아왔으나 그 뒤로는 나와 아도니스의 독주가 계속되었다.

대공들의 포인트가 많아봤자 나나 아도니스의 그것을 따라오지 못하기 때문이다.

아도니스는 내가 의도적으로 바람잡이를 하는 걸 알면서도 입찰을 할 수밖에 없었다. 그 결과 2,000만이라는 압도적인 액수에 근원의 정수가 낙찰되었다.

[20,000,000pt가 지급됩니다.]

계약이 즉시 발효되듯 판매된 물건의 값도 바로 들어오는 모양이었다.

꽈드득!

경매장을 울리는 이빨 가는 소리.

그 근원지에 아도니스가 있었다. 마치 배신자라도 보는 양

나를 바라보는데 나로선 어이가 없을 따름이다.

어차피 처음부터 그가 내게 접근한 의도도 불순했다. 서로가 서로를 이용할 목적이 다분했건만 이제 와서 배신에 무슨 의미가 있단 말인가. 아니, 배신조차도 되지 못했다.

'승자는 하나. 나머지는 모두 패자가 되는 게임이다. 누가 먼저 치고 나가느냐의 차이임을 아도니스 너도 알지 않았는가?'

영원한 우군이 없을 수밖에 없는 까닭이다.

어중간하게 지내다가 뒤통수를 맞을 바엔 내가 먼저 치고 나가는 게 낫다.

계속해서 이어진 경매 중 '히아신스의 활'이라는 아이템이 나왔다.

"저것입니다. 저게 우리 물의 정령들이 잃어버린 신기입니다."

케르피가 첨언했다.

또한, 자처하여 계약에 나섰다.

지브스의 경우를 겪어서인지 쉽사리 구매할 수 없으리라 계산한 것이다.

현명한 판단이었다.

[최상급 물의 정령, 케르피와 계약을 진행합니다.]
[이 계약은 '히아신스의 활'을 '사용자'가 구매하였을 때 비로소 완

전해집니다.]

　[구매하는 데 소비된 포인트에 따라서 '물의 정령 케르피'를 사용할 권리를 획득합니다.]

　전처럼 경매가 과열되진 않았다.

　700만 선에서 마무리가 될 가능성이 다분했지만 나는 그를 비웃듯이 말했다.

　"1,500만."

　어차피 포인트는 모두 회수가 되게 되어 있었다.

　물의 정령이나 불의 정령은 이것을 내가 보여주는 '우호'의 크기라고 착각하는 듯했지만…….

　착각은 자유다.

　만백검(慢鉑劍, Epic)은 내가 업적 상점에서 구매한 스킬북이었다. 게으르단 이름을 가진 검. 답답할 정도로 느릿하게 펼치는 검술이었다.

　그럼에도 에픽 등급이다. 등급이 높다고 무조건 좋다는 보장은 없다. 실제로 하이엔달의 검술보다 두 단계는 떨어지는 위력을 가졌지만 내가 만백검을 구매한 건 아리엘 디아블로가 익히지 못한 검술이리라 확신했기 때문이다.

　아리엘은 무기술에 관해 관심이 지대하다. 특히 자신이 모르는 것을 배우고자 하는 열망이 무척이나 컸다.

그리고 내 예상은 적중했다.

[3,500,000pt가 지급됩니다.]

이런 식으로…… 나는 다른 마족들, 특히 대공들이 바라는 아이템을 판매대 위에 올려놓았다. 그다지 좋다고 할 만한 것은 거의 없으나 그들의 상상력을 자극하는 물건들. 스킬, 마수 따위를 모두 판매할 수 있었다.

그들은 자신이 산 물건이 내게서 나왔음을 꿈에도 모르고 있었다. 알았다면 탐이 나도 사지 않으려 했을 것이다.

덕분에 보유한 포인트가 5천만을 넘겼다.

5천만!

본래 가지고 있었던 게 4천만이 조금 안 됐고 그중 3천만을 지고한 불의 정수, 히아신스의 활을 사는 데 썼다.

근원의 정수로 2천만을 벌었으며 나머지 아이템을 판매해서 2천만 포인트를 더 긁어모은 것이다. 대공으로 오르며 획득한 600만 포인트까지.

반대로 다른 마족들은 생각보다 많은 포인트를 이 개별 경매에 사용할 수밖에 없었다.

'몇몇 마족에게로 포인트가 집중된 것 같군.'

나 혼자 번 것은 아니지만 그래도 내 상대가 안 될 것은 자명했다.

"개별 경매가 끝났습니다. 그럼 두 시간 이후 본 경매에 들어가도록 하겠습니다."

기나긴 개별 경매의 시간이 마감을 고했다.

드보롱이 고개를 깊숙이 숙이자 동시에 경매장 내부를 밝히던 빛이 사라졌다.

개별 경매가 막을 내렸다. 불과 물의 정령이 참여할 수 있는 건 여기까지였다. 그들은 이 경매의 경험을 바탕으로 돌아가서 보고를 해야 했다.

"경매 물품은 던전이란 곳으로 돌아가야 발송이 된다지? 그 전에 나는 먼저 정령왕께 고하러 가겠다. 랜달프 브뤼시엘! 그대의 이름도 정령왕께 반드시 전해 주마. 나와 그대는 계약이 돼 있으니 내 이름을 부르면 그대가 어디에 있든 모습을 드러낼 것이다."

지브스는 상당히 흥분한 기색으로 내게 말했다.

처음으로 겪는 경매였고 어둠의 정령들의 행태도 파악할 수 있었다. 거기다가 2만 년 전 잃어버린 그들의 신도 되찾기 직전이었으니 그 마음은 이해가 되었다.

'과연 불의 정령왕이 무슨 선택을 할지는 모르겠지만……'

가만히 있지는 않을 것이다. 마계 옥션과 포인트. 그로 인해 '격'을 올리고 내릴 수 있다는 걸 알게 된다면 무언가 움직임을 보일 게 분명했다.

판매되는 물건도 상당한 수준이었고 마족들도 포함이 되어 있었으니 가만히 있다는 건 말이 안 된다.

어둠의 정령들을 이용하거나, 혹은 적대하거나…….

후자가 더 가능성이 높아 보인다. 그리고 그것을 어둠의 정령들이 모를 리 없었다. 본래 저들의 격을 내리는 게 목적이었으나 그마저 실패로 돌아가 버렸다.

"가는 길이 평탄치는 않을 것이다."

나는 가감 없이 솔직하게 말했다.

그러자 지브스가 작게 웃었다.

"모든 상황을 상정하고 최정예로 구성해서 이곳에 왔다. 우리를 공격하는 순간 불의 정령과의 전면전을 뜻하니 확신이 서지 않거든 쉽사리 건드리진 못할 터. 설령 우리를 공격한다고 하더라도 오히려 바라는 바다."

"자신만만하군."

지브스가 어깨를 으쓱했다.

하긴, 당장 보이는 불의 정령 모두가 최상급의 격을 갖추고 있었다. 이만한 전력이라면 어둠의 정령들의 영역을 빠져나가기엔 충분하다.

내가 고개를 주억이자 지브스가 이어서 입을 열었다.

"이제는 계약자라고 불러야겠군. 계약자여! 지고한 불의 정수를 우리에게 넘기는 순간 우리의 계약은 보다 완벽해진다. 정령왕께서도 기뻐하시겠지. 계약자의 이름을 필히 각인하시리라. 이것을 결코 작게 보지 마라."

불의 정령왕이 내 이름을 중요히 여긴다는 뜻이다. 특별한 일이 생기면 도와주겠다는 의미이기도 하였다. 계약 외적인 요소였고 이것이야말로 내가 바라는 바였다.

그들을 움직여 제대로 판을 키우는 것!

'잘하면…… 가능하겠어.'

피식 웃었다. 정령계의 판을 키운다는 단순한 의미가 아니다. 내가 계획하는 건 지구에서까지 영향을 끼칠 거대한 변화다. 예컨대, 불의 정령이나 물의 정령들이 인간을 상대로 계약하기 시작한다면 어떻게 될까?

'정령사를 대폭 늘린다.'

정령은 강하다. 하나 전생에서 그 힘을 다룰 줄 아는 인간은 적었다. 그러나 내가 길을 터주면 계약 자체가 어렵지 않게 된다. 정령왕과 접촉하여 그것을 가능하게 하는 것이 내가 할 일이었다.

'그리할 수만 있다면…….'

그리하여 인간의 힘을 키우면 더욱 유리한 고지에 앉을 수 있었다. 내게는 여러 가지 신분이 있었고 기린의 도움을 받아도 충분히 가능하다.

이윽고 지브스와 그의 휘하 정령들이 내게 짧게 고개를 숙이며 몸을 돌렸다. 물의 정령과 함께 가면 더욱 안전할 것이건만 원체 사이가 좋지 않다 보니 괜한 고집처럼 보이기도 했다.

그들이 물러나기 무섭게 케르피를 비롯한 물의 정령들이 다가왔다.

"랜달프 님, 대공이 되신 것을 다시 한 번 축하드려요."

찰랑이는 머릿결을 흔들며 케르피가 싱그러운 미소를 흘렸다.

"당신과 저는 이제 곧 완전한 계약으로 이어지게 됩니다. 새로운 계약자를 받은 건 500년 만의 일이지만…… 다시 만날 날을 손꼽아 기다리겠어요."

"죽지 않는다면 가능하겠지."

나 자신에게 하는 말이 아니다.

케르피, 그녀에게 말하고 있었다.

불의 정령들은 자신만만한 태도였지만 어둠의 정령들이 세운 계획이 파탄 났으니 어떠한 행동을 보일지 알 수가 없었다.

경매를 진행하며 의도를 읽혔다고 판단했을 것이고 사이가 틀어질 게 확실하다면 여기서 다른 정령들의 전력을 줄이는 것도 고려해 볼 법하다.

십중팔구는 돌아가는 길에 습격이 있으리라 사료되었다.

내 저의를 파악한 케르피가 미소를 잃지 않고 답했다.

"계약자님, 물의 정령은 잔잔한 호수도 거친 바다의 해일도 될 수 있답니다."

"죽는다면 활은 내가 접수하마."

"……반드시 살아서 돌아가야겠군요."

신기, '히아신스의 활'에 대한 이야기가 오가자 케르피도 표정을 굳힐 수밖에 없었다.

나도 어느 정도 리스크를 지고 있었기에 이는 타당한 결론이었다. 지브스나 케르피가 가는 도중 죽어버리면 나는 허공으로 삼천만 포인트를 날리는 꼴이다. 그러니 만에 하나를 대비해 담보로 맡아둘 필요가 있었다.

"그럼, 이만 가 보겠습니다. 우리와 오래 얘기하면 나쁘게 볼 나쁜 이가 이곳에 너무 많으니까요."

고개를 끄덕였다. 그 순간 케르피가 입가를 가리며 작게 웃고는 가벼운 발걸음으로 경매장을 벗어났다.

"나의 던전 마스터시여, 창구를 개방한다고 합니다. 가 보시겠습니까?"

옆에 있던 크리슬리가 즉시 말을 걸어왔다.

창구라.

본 경매에 있을 아이템, 마수 등을 미리 보여주겠다는 건데.

"공개하지 않는다고 하지 않았나?"

"저도 방금 막 전해 들은 터라……."

크리슬리도 자세한 사항은 모르는 모습이었다.

'시선을 돌려두겠단 속셈인가?'

불의 정령, 그리고 물의 정령.

둘을 동시에 잡으려면 상당한 병력이 필요하다.

성 내부가 텅텅 빌 수밖에 없었고 이를 의아하게 여긴 어느 마족이 목격할 가능성이 없지 않았다. 그러면 완전 범죄는 물 건너가고 추궁을 피할 길이 없어진다.

어둠의 정령들로선 최악의 경우다.

'여기서부턴 온전히 그들의 실력을 믿을 수밖에.'

나는 지금 절벽 위의 외줄 위에서 줄타기를 하고 있는 것과 같다. 이 이상으로 더 깊이 관여한다면 천 길 낭떠러지 밑으로 떨어지게 된다.

그리고 본 경매도 그들만큼이나 중요했다. 1년의 공백이 있으니 빠질 수는 없는 노릇이었다.

결론을 내리곤 말했다.

"창구로 가자."

내가 없는 2년 사이에 경매 물품의 질이 얼마나 좋아졌을까.

최상급 2Lv의 티탄을 보았고 그렇다면 그보다 뛰어난 마수나 아이템이 있어도 이상하지 않았다.

"물건이 조금 적군."

작게 중얼거렸다.

창구 안에 보이는 건 100개가 되지 않았다.

끽해야 50개 안팎.

말 그대로 구실만 갖춘 느낌이다.

"작년부터 절반만 공개하기 시작했지."

어느덧 아리엘 디아블로가 옆으로 다가왔다.

"이유가 있나?"

"글쎄. 신비감이라도 주려는 것 아닐까? 딱히 큰 이유가 있을 것 같지는 않군."

보여주다가 보여주지 않는다. 답답함이 생겨나는 건 당연지사다. 더불어서 보이지 않는 경매 물품에 대해 더욱 강렬한 호기심을 가지게 된다.

'일종의 맛보기라는 건가.'

이것도 전략인가 싶었다. 물건을 공급하는 게 어둠의 정령들뿐인지라 불만을 표출할 수도 없었으니…….

"랜달프 브뤼시엘, 이번엔 얼마나 대단한 모습을 보여줄지, 개인적으로 기대하고 있다."

아리엘이 지나가듯 말했다.

나는 짧게 읊조렸다.

"기대가 클수록 실망이 큰 법이라더군."

"그런 말이 있었나? 흠…… 기대가 클수록 실망이 크다……. 하나 내 기대는 대체로 맞아서 동의는 못하겠구나."

잠시 고민하던 아리엘이 고개를 저었다.

하기야 아리엘 정도의 마족이라면 기대와 결과가 거의 비숫하게 나타날 것도 같았다. 그녀의 뛰어난 안목과 길을 넓히는 능력은 감히 발군의 수준이었으니 말이다.

'마수가 많군.'

이어 아리엘에게 관심을 접곤 창구 안을 둘러봤다.

전체적으로 급이 높은 마수가 다수 포진해 있었다.

개인의 힘도 중요하지만 그 이상으로 던전 자체의 저력이 중요해진 시기.

어둠의 정령들이 그 부분을 잘 잡아냈다고 할 수 있었다.

'굴핀, 티탄. 최상급이되 2Lv 안팎의 마수들.'

최상급의 마수로서 당장 보이는 건 저 두 개가 전부였다. 나쁘다고 할 수는 없지만 기왕이면 3Lv 수준의 마수가 보이기를 바랐는데, 아직 시기상조인 건가?

아니면 의도적으로 숨겨둔 것인지…….

"랜달프 브뤼시엘이여, 실망스러운가? 그러나 작년의 경우를 떠올려 보면 적당한 것만 내놨을 가능성이 높다. 그러니 실망하지 말도록."

"……."

아리엘은 바짝 붙어서 떨어지질 않았다. 반대편에서 크리슬리가 불편한 기색을 내비쳤지만 꿈쩍도 안 했다. 심지어 그녀의 휘하 마족들이 다가와 말을 걸어도 요지부동이었다.

'의도를 모르겠군.'

내심 한숨을 내쉬었다.

아리엘 디아블로. 정말 어려운 상대라 아니할 수 없다.

개별 경매가 끝나고 두 시간 후.

본 경매가 시작되었다. 성 내부가 평소보다 조용한 걸 보면 이미 많은 숫자의 어둠의 정령이 빠져나간 듯싶었다.

'지브스, 케르피. 나를 실망시키지 않기를 바라지.'

고작 이 어둠의 숲을 빠져나가지 못해 비명횡사한다면 천오백만 포인트나 부르며 계약한 것 자체가 멍청한 짓이 된다. 하지만 내 안목이 정확하다면 그들은 어렵지 않게 이 숲을 빠져나갈 것이었다.

"나의 던전 마스터시여, 여기 앉으십시오."

크리슬리가 미리 먼지를 털어둔 객석으로 나를 안내했다.

본 경매라서인지 껌딱지처럼 붙어 있던 아리엘도 2층의 홀로 이동한 뒤였다.

"크리슬리, 많이 눈에 담아두었나?"

"예, 마스터의 적이 될 자들의 얼굴을 빠짐없이 기억했습니다."

"직접 보니 어떠한가?"

"한 가지 확실한 건……."

크리슬리가 슬쩍 고개를 돌려 2층의 홀들을 바라보며 말을 이었다.

"이곳에 모인 대다수의 마족보다 제가 더 강하다는 겁

니다.”

정확히 봤다. 크리슬리는 자신이 얼마나 강한지 이곳에서 객관적으로 판단하게 된 것이다.

모두 들으라고 한 소리.

일종의 도발이었다.

“다크 엘프 년이 겁이 없군.”

“흥…….”

저들이라고 어찌 기억하지 못할까. 1년 차, 크라스라와 함께 있던 가녀린 다크 엘프가 크리슬리임을.

그러나 직접적으로 부딪쳐 오는 이는 없었다. 정령들 때문인지, 아리엘 디아블로 때문인지, 나 스스로의 격을 느꼈기 때문인지 알 수는 없지만 그들의 눈이 나를 주시하고 있다는 것만은 확실했다.

게다가 크리슬리는 대놓고 마력을 흩뿌리는 중이었다. 내가 제지하지 않자 거리낌 없는 태도로 일관하고 있었다.

처음 봤을 때와 비교하면 아예 비교 자체가 안 되는 경이로운 성장. 그리고 크라스라와 크리슬리를 사려고 했던 우파가 가장 배가 아플 수밖에 없었다. 말마따나 표정도 썩어 있었다.

촤아악!

가소롭다는 듯 비웃으며 전방을 바라보자 곧 커튼이 걷히며 드보롱이 나타났다.

"안녕하십니까, 재차 인사합니다. 제2부이자 본 경매의 진행을 맡게 된 드보롱입니다. 불과 물의 정령들이 없으니 조금 덜 습한 것 같군요."

우스갯소리로 말한 드보롱이 그러면서 살짝 나를 쳐다봤다.

나는 아무렇지도 않은 척 무표정이 그를 응시하고 있었다.

그러자 드보롱은 시치미를 뚝 떼며 말했다.

"굳이 시간을 끌 필요가 있겠습니까? 자, 첫 번째 물건을 소개합니다. 이건 정말 물건입니다! 감히 타의 추종을 불허하는 마수! 아홉 개의 목을 가진 뱀의 왕! ……히드라입니다."

마지막 발언이 끝난 순간 나는 눈에 힘을 잔뜩 줄 수밖에 없었다.

히드라라니. 그것을 정말 어둠의 정령들이 사로잡았단 말인가? 하물며 고작 5년 차에?

경매의 시작을 알리는 물품으로선 더할 나위 없이 파격적이었다.

"히드라?"

"처음 들어보는 이름의 마수로군."

그러나 나와 달리 마족들은 긴가민가하는 태도로 일관하는 이가 많았다. 히드라란 이름이 생소한 탓인데, 나도 전생의 경험이 없었다면 확신하지 못했을 것이다.

고대 문헌에나 등장하는 신화 속의 생물.

본래는 봉인되어 있었다. 그것을 어둠의 정령들이 일깨웠다. 하지만 시기가 너무 이르다. 이제 고작 5년 차의 마족들이 다루기엔 난이도가 굉장히 높았다. 아니, 애당초 최상급 마수와 계약을 잇는 데 난색을 표하던 어둠의 정령들이 아닌가. 히드라라면 아홉 개의 각기 다른 계약을 행해야 했을 진대 어떻게 가능했을 지 살짝 의구심이 들었다. 그 정도로 노하우가 쌓이지는 않았을 것이었다.

'주먹구구식으로 진행한 건가? 마고처럼?'

그랬을 수도 있다. 마고는 계약이 불안정하여 간혹 폭주하곤 했다. 내가 지칠 때까지 어울려 주지 않으면 주변 모든 것을 부숴 버리려고 들었다.

내 기억 속의 히드라가 정확하다면 그것을 다룰 수 있는 마족은 기껏해야 대공들뿐이었다. 능력이 부족한 이가 가지게 되거든 자멸할 뿐이다.

"아차차! 크기가 상당한 관계로 경매장 안에 들이지 못하는 점, 양해 부탁드립니다. 대신 수정구로 보여드리지요."

드보롱이 깜빡한 듯 능청스럽게 연기하자 곧이어 거대한 수정구를 가지고 일꾼들이 나타났다.

수정구는 어떠한 영상을 송출하고 있었고 그 안에 히드라로 추정되는 생물이 있었다.

하지만 히드라만 있지는 않았다.

아홉 개의 목을 가진 마수. 각기 다른 입에서 각기 다른 브레스가 쏟아졌다. 수천의 오크로 이루어진 부락이 히드라 한 마리에게 단숨에 뭉개지는 중이었다.

사정없이 짓밟으며 생명을 유린한다. 막을 수도 없었다.

콰오오오오!

아홉 갈래에서 쏟아지는 불, 물, 번개, 독 등의 숨결은 광범위하게 오크들을 몰살시켰다.

하물며 크기는 어떠한가. 산 하나가 통째로 움직이는 느낌이다. 저만한 크기의 마수는 좀처럼 없었다. 상급의 골렘들이 무색하게 보일 몸뚱이였다.

마족들의 시선을 단번에 빼앗았다. 압도적인 광경에 모두가 침을 삼키는 것도 잊고 몰두하고 있었다.

그것을 바라보며 드보롱이 작게 미소 지었다.

"'붉은 깃털' 오크 부족입니다. 마계의 외곽 중 한 곳을 담당하고 있으며 이곳의 오크들은 한 마리, 한 마리가 중급 마수에 맞먹는다고 전해지지요. 특히 붉은 깃털 부족의 족장인 오크 로드는 일반적인 로드보다 2레벨가량이 높습니다. 하지만…… 보시지요."

수정구는 계속해서 다음 장면을 비췄다.

유린당하던 끝에 나타난 오크 로드!

주변의 오크보다 두 배는 큰 녀석이 대검을 휘두르며 지휘하기 시작했다. 브레스를 요리조리 피하거나 맞아도 크게 타격을 입지 않았다. 도리어…….

"오크 로드가 가진 검은 마검입니다. 마력을 흡수하는 '에세랄 블레이드'이지요. 사용자의 능력에 따라 옵션이 증폭되는데 브레스를 되받아치는 것도 가능은 합니다. 이 검도 경매에 나올 예정이니 많은 관심 가져주시기를."

드보롱의 짧은 설명이 끝났다.

그렇다면 이미 싸움의 결판이 난 영상을 재생하여 보여준다는 뜻. 에세랄 블레이드가 경매장이 있다는 건 히드라의 승리로 돌아갔음을 의미했다.

말마따나 브레스를 몇 번 되받아치고 오크 로드가 히드라의 지척에 다다랐다. 하지만 히드라의 거대한 몸집은 그 자체만으로도 무기였다. 발을 크게 구르자 땅이 뒤집어졌고 오크 로드는 주춤할 수밖에 없었다.

하나 멈추지 않고 뛰어올라 히드라의 목 하나를 베었다. 이에 잠시 의기양양해하던 오크 로드가 다른 목에 의해 지상으로 떨어져 내렸다.

잘린 목은 순식간에 회복되었다. 어느덧 생성되어 다시금 브레스를 내뿜었다.

엽기적이기도 하지만 그만큼 욕심이 나는 장면이다.

'히드라는 아홉 개의 목을 동시에 자르거나 태워야 죽는다.'

아니면 눈 깜빡할 사이에 재생하고 만다. 오크 로드는 대처법을 몰랐다. 그리고…… 대처법을 모르면 히드라는 결코 잡을 수 없다.

치익!

영상은 여기까지였다.

"어떠십니까? 욕심이 나지 않으십니까? 여태껏 판 최상급의 마수들도 그 품질은 보장합니다만 히드라 정도의 격을 소유하진 못했습니다."

맞다. 적어도 파괴적인 측면에서 봤을 때 다른 마수들은 히드라에 미치지 못했다. 단순히 크기만 따져도 비교가 안되건만 아홉 개의 입에서 뿜어내는 각기 다른 종류의 브레스는 또 어떠한가.

욕심이 나지 않으면 마족이 아니다.

어지간한 최상급 마수 둘을 사는 것보다 차라리 저 하나를 사는 게 나았다. 이건 굳이 정보가 없더라도 알 수 있는 사실이다.

'문제는⋯⋯.'

여전히 계약에 관한 부분이 미덥지 못하다는 것.

히드라를 팔기로 한 이상, 구매한다면 진짜 보내주긴 할 것이다. 하나 이후 계약이 제대로 되어 있어서 나를 따르느냐 하는 것은 별개의 일이었다.

주인을 못 알아보고 공격한다면 히드라를 막을 수 있는 마족이 몇이나 되겠나.

드보롱이 신사처럼 한쪽 손을 배에 대고 고개를 숙였다.

"자신하며 소개해 드린 전설적인 마수! 시작가 500만 포인트 되겠습니다."

더 이상의 말은 필요 없었다.

시작가 500만.

그러나 개별 경매로 인해 포인트를 쌓은 소수의 마족이라면 참여하지 못할 것도 없는 수치다.

나만이 포인트를 벌지는 않았을 것이다.

만에 하나의 경우이긴 하지만 개별 경매로 포인트를 모으는 행위가 불가능하진 않았기 때문이다. 실제로 별 볼 일 없는 아이템이 비싼 가격에 팔려 나간 경우가 몇몇 있었다.

'우파.'

나를 제외한 마족 중 가장 많은 포인트를 보유한 이는 우파일 것이라고 추측했다. 이상할 정도로 가격을 높여서 구매한 마족들 대다수가 우파 휘하의 마족이었다.

'내게 업적 상점이 없었다면 불리한 싸움이 되었겠지.'

기실 개별 경매에서 가장 불리한 고지에 서 있던 게 나다. 나는 혼자뿐이고 저들은 다수이므로. 어둠의 정령들이 이러한 경우를 예상하지 못했을까?

'개별적으로 팔기엔 무거운 물건이 많나 보군.'

예상하지 못했을 리가 없었다. 잔꾀에는 도가 튼 놈들이니.

그저 방관했을 따름이다. 히드라처럼 이번 경매에 굵직한 것들이 나오게 된다면 그것을 구매할 포인트가 낮게 책정될

우려가 있었다.

최상급 마수의 시세는 언제나 높아야만 한다. 이 시세를 조정하고자 한 차례 넘어간 듯싶었다.

그러나 시스템이 가만히 있었을지가 또 의문이다. 시스템은 언제나 중립적 위치이고 평등을 구가한다. 이런 식으로 균형이 무너지는 걸 가만히 내버려 둘 리 없었다.

'제제가 가해지거나, 이미 감수 중이거나.'

이러니저러니 해도 진실은 어둠의 정령, 그중 아도니스만이 확실히 인지하고 있을 것이었다. 나는 관심을 돌리고 주변 분위기를 살폈다.

쉽사리 나서는 이가 없었다. 참여하게 되면 필연적으로 그이상의 포인트가 있음을 인증하는 꼴이 된다. 지금 그만한 여유가 있다고 밝혀진 건 나와 아리엘 디아블로밖에 없었다.

그러나 나도 개별 경매에서 상당한 포인트를 사용했기 때문에 포인트가 탕진되었으리라고 생각하는 마족이 없지 않을 터였다.

"500만."

수십 초가량의 침묵.

모두가 고민하는 가운데…… 누군가가 입을 열었다.

"대공 우파 님! 안목이 훌륭하시군요. 500만 포인트 나왔습니다."

기어코 우파가 가장 먼저 선수를 쳤다. 현재 수위를 달리는 포인트를 보유했을 것으로 추측되는 자. 이어서 나선 건 아리엘이었다.

"600만."

"대공 아리엘 님! 아름다운 미모만큼이나 화끈하시군요!"

"700만."

"오오, 우파 님! 개별 경매에서도 거의 참여를 안 하셨는데, 본 경매에서 본격적으로 달리기 시작하십니다. 700만 포인트 나왔습니다!"

우파는 히드라를 구매하기로 작정한 것 같았다. 경매는 이제 시작했고 뒤에도 좋은 마수나 아이템이 나올 가능성이 무척 높다. 그러니 히드라를 구매한 마족은 뒷심이 심하게 떨어질 수밖에 없다는 걸 우파도 모르진 않을 것이다.

아마도 히드라에 그 이상의 가치가 있으리라 잠정적으로 판단한 것이겠지. 우파의 판단은 어느 정도 타당했다. 히드라와 비견되거나 그 이상의 물품이 이번 경매에 나오리라곤 생각하기 힘들다.

'판데모니엄은?'

우파와 아리엘은 경쟁이 붙었다. 그렇다면 판데모니엄도 움직일 거리로는 충분하다. 하지만 왜인지 판데모니엄은 아예 눈을 감아버리고 있었다.

히드라에 목매지 않고 후반부를 보겠다는 건가?

"800만."

"아리엘 님, 이번에는 반드시 손에 넣겠다는 건가요? 멈추지 않습니다!"

"900만."

"감히 메테오와 견줄 만한 파괴력입니다! 지금 보유력이 무시무시하군요. 대공 우파 님께서 900만 포인트로 달려 나가십니다!"

천만을 목전에 남겨두고 있었다.

아리엘은 아예 대놓고 한숨을 내쉬었다. 무척이나 마음에 안 든다는 기색이 표정에 역력했다. 다른 이도 아닌 우파에게 뺏기게 생겼으니 더욱 열이 날 것이었다.

우파와 아리엘은 사이가 굉장히 좋지 못하다. 서로 잡아먹지 못해 안달인 관계였다.

히드라를 구매하면 전력이 수직으로 상승한다. 그리고 그 전력으로 우파는 아리엘을 노릴 공산이 컸다. 아리엘도 그를 모르지 않았다.

미묘한 분위기 속에서 드보롱이 재차 입을 열었다.

"900만. 더 안 계십니까? 히드라의 값어치를 생각하면 지금도 낮습니다."

판데모니엄은 아예 참가할 의사를 보이지 않았다. 포인트가 몰린다면 대공 위주로 몰릴 것이고 판데모니엄이 기권한다면 히드라의 경매는 끝난 것과 같았다.

아주 만족스럽진 못하지만 드보롱이 고개를 주억이며 이

어서 말했다.

"그럼 다섯을……."

"천만."

드보롱이 입을 열기 무섭게 나는 여유롭게 말했다. 크지도 작지도 않은 목소리로. 약간의 무게를 담아서 말이다. 그것만으로도 드보롱을 움찔하게 만들기엔 충분했다.

"대공…… 랜달프 님! 천만 포인트가 나왔습니다!"

"흐흠."

그러자 아리엘이 헛기침을 내뱉었다. 묘한 웃음이 지어진 게 단번에 기분이 좋아진 모양이었다. 하기야 내가 참여하면 높은 확률로 해당 아이템은 내게 낙찰된다. 게다가 우파보단 내가 갖는 편이 아리엘로선 차라리 기쁠 것이었다.

우파는 눈살을 대번에 찌푸리며 나를 바라봤다. 3천만 이상의 포인트를 사용해 놓고도 다시금 경매에 참여한 내게 기가 질린 것 같았다.

"1,100만."

"대공 우파 님! 끼어들지 말라는 걸까요? 치고 나갑니다!"

"1,200만."

"그 끝이 보이질 않는군요. 마치 마르지 않는 샘물을 보는 듯합니다, 대공 랜달프 님!"

우파가 슬쩍 천장의 소년, 소녀상에 시선을 옮겼다. 하지만 소년, 소녀상은 웃지 않았다.

"쯧!"

크게 혀를 찼다. 우파의 표정이 구겨지자 반대로 아리엘의 미소는 짙어졌다.

'그래도 상당히 긁어모았군.'

우파가 휘하 마족들의 포인트를 자신에게 몰아버린 것이 분명해졌다.

달리려면 더 달릴 수도 있겠지만, 우파는 잠시 고민하는 시간을 가졌다.

작년은 쉬었지만, 지난 3년간 쌓인 학습 효과로 나와 함께 달려서 좋을 게 그다지 없음을 알고 있는 것이다. 자칫 하다 간 자신의 바닥을 다른 마족들에게 보여줄 수도 있었다.

"더 안 계십니까? 1,200만 포인트 나왔습니다. 그럼…… 다섯을 세지요."

드보롱이 못내 아쉬운 것처럼 말했지만 우파가 고민한 순간 정말로 끝났다. 나는 우파의 성격을 어느 정도 알고 있었다. 달려 나가다가 갑자기 멈추면 우파는 한참이나 그 자리에서 주변을 살핀다. 모든 게 확실해질 때까지.

그러나 경매의 특성상 그만한 시간을 줄 리 만무했다.

"셋, 둘, 하나! 축하합니다. 히드라가 대공 랜달프 님께 낙찰되었습니다!"

일단 큰 거 하나를 가져오는 데 성공했다.

이후로도 쓸 만한 경매 물품이 다수 출현했다. 고작 2년 사이에 놀라우리만큼 물품의 질이 좋아져서 살짝 놀랄 수밖에 없었다.

하지만 내 마음을 사로잡을 만한 아이템이나 마수는 나오지 않았다. 나는 마족들이 무엇을 구매하는지 살피며 그들을 관찰하는 데 더욱 중점을 두었다.

마수를 많이 사는지, 아이템에 초점을 맞추는지, 아니면 특수한 아이템을 선호하는지…….

구매하는 물품에 따라서 그들의 상황을 조금이나마 유추할 수 있으리라 생각해서다.

크리슬리도 귀를 쫑긋 세운 채 모든 마족의 일거수일투족을 관찰했다.

그러는 사이 열 개의 물품이 지나갔고 마침내 열한 번째 경매가 시작되었다.

"다음 물품을 내놓기 전에 먼저 설명드리지요. 우리 어둠의 정령들은 지난 수십 년간 진마룡 아오진의 자취를 좇고 있었습니다. 1년 차에 판매한 크라스라, 크리슬리도 그중 발견한 마수입니다. 그러던 중 올해 우연히도 진마룡 아오진과 관련된 것을 구할 수 있었습니다."

크리슬리의 눈이 커졌다.

진마룡 아오진!

마룡 중의 마룡. 크리슬리의 아버지다.

하지만 진마롱 아오진은 업적 상점에 있었다. 무려 5만 점의 점수를 들여야 소환할 수가 있었다. 한데 그와 관련된 무언가를 찾았다니 나도 궁금증이 생길 수밖에 없었다.

다른 마족들도 마찬가지다. 진마롱 아오진의 이름을 모르는 마족은 없었다.

그 시선을 받으며 이윽고 드보롱이 말했다.

"진마롱 아오진과 짝을 이뤘던 다크 엘프 하이어 쉴라. 저주받은 그녀의 시체입니다."

······뭐라고?

나는 침묵할 수밖에 없었다. 어둠의 정령들이 진마롱 아오진의 흔적을 좇고 있었던 것도 처음 알았지만 그와 관련이 있는 다크 엘프 하이어 쉴라의 시체를 구했을 줄이야. 적어도 전생에선 존재하지 않은 일이다.

다크 엘프 하이어. 최상급 3Lv의 격을 갖춘 마수이며 다크 엘프 무리를 이끄는 실질적 지도자다.

한 세기에 하나, 많게는 둘 정도뿐이 나타나지 않는다고 하는데······ 그중 '쉴라'는 크리슬리와 줄리엄의 마을을 이끌던 정신적 지주다.

크리슬리를 낳고 머지않아 죽었다는 이야기만 전해 들었을 뿐, 나도 자세한 사항을 알지는 못한다. 크리슬리도 쉴라에 대해선 거의 무지한 듯싶었다.

'이상한 점은 있었지······.'

마계에 존재하는 세계수. 강한 다크 엘프만이 그 근처에서 살아갈 수 있다. 쉴라라면 넘칠 정도의 자격이 있건만 굳이 외지에서 크리슬리와 마을을 돌봤다.

하지만 크리스리를 낳은 뒤 사라졌다. 줄리엄을 비롯한 다른 이들은 모두 쉴라가 죽었다고 판단하고 있었다.

그런데 그 시체가 지금, 경매장이 모습을 드러냈다.

새하얀 머리칼. 초승달 문양의 자국이 이마에 아롱이 새겨져 있다. 아름다운 다크 엘프 여인이 무언가 절박한 표정으로 얼음 속에 갇혀 있었다.

더불어서 심상치 않은 마력의 향이 맡아졌다.

'저게 저주로군.'

얼음 자체가 강력한 마력으로 이루어져 있었다. 나조차도 눈살이 찌푸려지는 묘한 힘! 그것이 쉴라의 전신을 봉인하고 있었다.

"이 저주는 결코 평범하지 않습니다. 진마룡 아오진과 전혀 상반되는 얼음의 힘이며 그 위력은 능히 아오진과 비견될 법 합니다. 이런 저주를 걸 수 있는 자가 누구일지 조사해 봤습니다만 아직까진 건진 것이 없습니다. 참으로 이상한 일이지요. 알려지지 않은 초강자라니!"

드보롱은 흥분한 상태였다.

진마룡 아오진은 마룡 중의 마룡이다. 하나, 같은 마룡과 격 자체가 달랐다. 초월의 경지는 진즉에 뛰어넘었을 것이라

추정되는 마수. 한데 그와 비슷한 힘을 지닌 다른 마수가 있을 것으로 추정되고 있는 것이다.

다크 엘프 하이어 쉴라는 그 마수에게 당했으리라 잠정적 결론을 내렸다.

'그만한 힘을 지녔다면 알려지지 않은 게 이상하긴 하군.'

나는 턱을 쓸었다.

만약 사실이라면 마계의 대공들도 쉽사리 대할 수 없다.

실제로 아오진은 마계에서 '넘을 수 없는 벽', '번외' 취급을 받으며 아예 건드리질 않았다. 대공이 휘하의 모든 병력을 이끌고 토벌하고자 한다면 불가능하진 않겠으나 그 과정에서의 피해가 상상을 초월할 것이기 때문이다.

자존심 상하는 일이지만 그래서 아오진은 아예 언급 대상이 되질 않았다. 아오진도 딱히 불화를 일으키는 사태는 벌이지 않은 탓에 서로 불가침의 영역 속에 있었다.

그럴진대 비슷한 힘을 지닌 마수라.

그것도 여태껏 알려지지 않은 녀석이었다.

"다크 엘프 하이어 쉴라는 그 대상과 맞서 싸우며 도중 이러한 저주를 얻고 죽은 것으로 판명되었습니다. 시체를 어디다가 쓰냐고요? 여러분, 다크 엘프 하이어입니다. 보통은 세계수 근처에서 죽은 뒤 세계수에 귀속되어 버리는 탓에 다크 엘프 하이어의 시체를 구경하는 건 거의 불가능한 일이지요. 그런데 지금 여러분의 눈앞에 같은 존재가 있습니다. 다크 엘프 하이어를 언데드로 만든다면 그 얼마나 황홀한 힘을 소유했겠습니까? 이 저주의 힘으로 더욱 강력한 언데드가 완성될 겁니다."

맞는 말이었다.

저 저주가 가진 힘은 심상치가 않다. 본래 언데드는 음의 속성을 지녔고 강한 저주를 받을수록 더욱 강한 언데드가 탄생되었다. 다크 엘프 하이어가 가진 자체적인 가능성도 무궁무진했으니 언데드로 만들 경우 결과가 기대되었다.

보통 다크 엘프 하이어는 세계수 근처에서 사는 경우가 절대다수였고 죽어도 세계수의 양분이 되어버린다. 시체를 구하는 건 그냥 불가능하다.

어쩌면 언데드 중에서 최강이라 일컬어지는 본 드래곤을 넘어선 결과물이 나올 수도 있었다. 제작자의 실력에 따라선 굉장한 마수 하나가 새로이 창조될 수 있는 일이다.

나는 시선을 돌려 크리슬리를 바라봤다.

'정말 쉴라가 맞느냐'는 물음을 던졌다.

그러자 복잡한 표정으로 크리슬리가 고개를 끄덕였다.

'구매해야겠군.'

단순히 크리슬리의 친모이기 때문은 아니다. 나는 저 저주가 가진 힘 자체가 궁금했다. 다크 엘프 하이어 쉴라나 그녀를 언데드로 만드는 것보다도 아오진과 대등한 힘을 소유한 그 어떤 '존재'가 궁금하기 짝이 없었다.

누굴까. 마계에 있으면서도 표면에 드러나지 않은 초강자.

어쩌면 내가 나아갈 지표 중 하나가 되어줄지 모른다. 그만큼 저주는 강력했다.

"호오……."

이윽고 누군가가 감탄을 터뜨렸다.

판데모니엄.

마도에 정통한 그는 언데드의 제조에도 일가견이 있었다.

구할 수 없는 최상급의 재료가 눈앞에 있으니 탐이 날 법도 하였다.

우파 쪽도 제법 눈길을 들이고 있었다.

'더 확실하게 확인을 해봐야겠어.'

심안을 열었다. 평소보다 활짝 개안하여 쉴라의 모든 것을 파악하려고 애썼다.

이름 : 쉴라

특이사항 : 죽었습니다. 이름을 알 수 없는 '저주'에 걸린 상태입니다.

　　**심장 내부에 알 수 없는 '힘'이 축적되어 있습니다.

칭호도, 능력치 창도 보이지 않았다. 죽었기 때문이다. 언데드로 부활한 것도 아니니 그러한 상태창은 하등 쓸모가 없긴 했다.

하지만 숨겨진 옵션에선 조금 건진 게 있었다. 심장 내부의 알 수 없는 힘. 그저 육안으로 보기에는 느껴지지 않는다. 초월의 경지에 이른 내가 파악하지 못한 것이니 어둠의 정령들도 모를 가능성이 농후했다.

하여간 저 심장 내부의 힘이 유일한 단서였다. 저 힘이 무엇이고 비밀을 풀어내면 무슨 변화가 생길지는 직접 확인을 해봐야 안다.

"시작가는 500만 포인트입니다."

드보롱이 씽긋 웃으며 말했다. 히드라와 같은 시작가. 부담이 되는 수치지만 다크 엘프 하이어 쉴라가 가진 값어치를 생각하면 수긍이 갔다.

"500만."

"대공 판데모니엄 님! 역시 바로 진가를 알아보시는군요."

"600만."

"대공 우파 님! 이번에야말로 건승하시길 바랍니다."

아리엘은 참가하지 않았다. 시체를 구매해서 언데드로 만드는 취향은 그녀에게 없었다. 차라리 시체가 아니라 다크 엘프 하이어 자체였다면 주저 없이 나섰겠지만 이번 경매 물품에는 참여할 의사가 전혀 없는 듯 보였다.

우파와 판데모니엄이 서로를 바라보며 으르렁거렸다.

둘 다 언데드와 관련해선 일가견이 있었다. 구할 수 없는 지고의 재료를 두고 경쟁이 붙은 건 당연지사였다.

"700만."

"드디어 포인트 보따리를 푸시는군요! 판데모니엄 님께서 700만 포인트를 부르셨습니다!"

판데모니엄도 알고 있을 것이다. 우파가 천만가량의, 어쩌면 그 이상의 포인트를 보유하고 있음을 말이다.

히드라를 입찰하며 드러난 적이 있었다.

그럼에도 싸움을 걸었다는 건 그만한 자신이 있다는 것.

대공들끼리 중요한 아이템을 놓고 다툴 때, 승자는 의기양양하지만 패자는 얼굴을 붉힐 수밖에 없다. 포인트도 하나의 '힘'이고, 그 힘이 부족해서 진 것이니 두말할 여지가 없었다.

여태껏 우파와 그의 휘하 마족들은 강력한 마수 위주로 경매에 참여했다. 전력을 상승시키려는 의지가 절절하다는 방증이고 거기에 목을 매고 있었다. 쉴라의 시체라면 가진 바여력을 거의 투입할 게 진배없다.

판데모니엄이라고 그 사실을 모르지는 않을 것이다.

지려고 싸움을 건 것은 아닐 테고 실제로 얼굴엔 자신감이 그득했다.

"800만."

"900만."

우파가 800만을 부르자 판데모니엄은 드보롱이 말할 겨를도 주지 않고 그 이상의 입찰가를 띄웠다.

우파의 인상이 사납게 찌푸려졌다.

"접전입니다! 제 살이 다 떨리는군요. 하지만 다크 엘프 하이어의 시체가 가진 값어치, 그 특수성, 유니크성을 따지자면 충분히 가능한 일입니다. 진행자의 입장에서 좋은 물건이 좋은 취급을 받으면 저도 기분이 덩달아서 좋아집니다. 대공 판데모니엄 님께서 900만 포인트를 부르셨습니다. 더 입찰할 분 안 계십니까?"

분위기를 누그러뜨리고자 드보롱이 제법 길게 말을 했다.

여기서 한 번쯤 잠시 멈춰 설 필요가 있었다. 과연 쉴라의 시체가 히드라 이상의 값어치가 있는지. 사실 언데드는 제작자의 실력도 매우 중요했다. 그저 재료만 뛰어나다고 괜찮은 작품이 나오진 않았다.

그리고 언데드 제작에 관련해선 우파보다 판데모니엄이 한 수 앞서는 게 사실이다. 우파가 제작을 한 대도 과연 최상급 3Lv 이상의 마수가 탄생할지는 미지수였다.

판데모니엄의 입가가 호선을 그렸다.

승자의 표정과 다를 바가 없었다.

이겼다고 확신을 하고 있는 것이다.

마냥 방심하고 있을 그때…….

나는 작게 입을 열었다.

"1,000만."

이런 싸움에서 내가 빠질 수는 없는 노릇이다.

1,200만에 쉴라의 시체를 구매하였다. 문제는 크리슬리가 과연 쉴라를 언데드로서 소생시킬 의지가 있느냐 하는 점이었다. 내 휘하의 마수들 중 그나마 언데드 제조에 정통한 것이 크리슬리였다.

　던전 마스터인 내가 지시하면 행하긴 할 것이다. 그러나 진심을 담아서 작업을 할지는 미지수였다. 자신을 낳아준 친모. 비록 기억에 거의 없다고는 하지만, 그래서 더욱 미화되고 있었을 가능성이 높았다.

　소생이라고 하긴 했지만 언데드로 만든다는 건 명령에 따르는 인형으로 둔갑시킨다는 것과 다를 게 없었다.

　시체가 손상된 정도에 따라서 기억의 누락이 심할 수도 있고 아예 이지를 상실할 여지도 다분했다. 아니면 아예 다른 인격이 나타나서 자신이 쉴라인 것조차 기억 못 할 경우에 수도 없다고는 못한다.

　'그래도 해야 한다.'

　크리슬리의 표정은 어두웠다. 자리가 자리인지라 애써 참는 모습이었다. 영리한 여자이니 내가 무엇을 바라는지도 이미 눈치챘을 것이다.

　"다음으로 소개해 드릴 물건, 저 드보롱이 자신 있게 선보입니다. '프라가모의 피리'입니다!"

　다시 시선을 돌렸다. 어쨌든 모든 아이템은 경매가 끝나야 직접적인 내 소유가 된다. 아직은 경매에 집중할 때였다.

'정복자의 반지', '인형술사의 마음가짐', '가즈녁의 메아리', '에세랄 블레이드'. 이 네 개를 나는 순차적으로 구매했다. 본 경매는 벌써 중반이었고 그중 여섯 개를 손에 넣은 것이다.

남은 포인트는 2,500만가량.

다른 이보다는 여유가 있었다.

경매 자체에서 사용된 포인트가 1억을 넘겼으니 다른 마족들도 포인트 대부분을 소모한 상황이었다.

'이게 끝일 리는 없다.'

나는 계속해서 경매를 주시했다. 지금 구한 여섯 개를 끝으로 구매할 게 없다면 그것도 나쁠 것은 없었다. 남은 포인트는 던전에 투자하면 되고 내년의 마계 옥션에서 사용할 예정으로 남겨두어도 되었다.

그러나 일말의 기대는 가지고 있었다.

개별 경매로 포인트를 몰아버린 어둠의 정령들이다. 경매 물품 중에서 큼지막한 것이 많아서 시세 유지를 위해 특단의 조치를 취했다고 나는 예상하고 있었다.

그렇다면 고작 히드라, 쉴라의 시체에서 끝날 리가 없었다. 준비한 무언가가 더 있으리라고 나는 확신했다.

하여, 경매의 진행을 한 장면도 빠짐없이 유심히 지켜봤다. 그리고 정확히 54번째 경매 물품에서 내 기대를 충족시킬 경매 물품이 등장했다.

"주목하십시오. 다음 물품은 손님 여러분 모두가 깜짝 놀라실 것이라고 감히 단언합니다. 바로…… 천사의 알입니다. 그것도 평범한 알이 아닌, 적어도 대천사급의 천사로 내정된 알입니다. 어쩌면 그 이상의……. 설명은 여기까지만 하겠습니다. 이제 직접 보고 판단하시지요."

드보롱의 말이 끝남과 동시에 등장한 천사의 알!

내가 아는 형태와 비슷했으나 더욱 진한 신성력을 머금고 있었다.

'별게 다 나오는군.'

헛웃음을 흘리고 말았다. 하다못해 이제는 천사라니. 막 나가는 정도가 수위를 벗어났다. 저 알이 어디서 나온 건지는 몰라도 훔쳤다면 간이 배 밖으로 나왔다고 할 수 있겠다.

나는 업적 상점에서 일반 천사의 알을 구매하는 게 가능하다. 그러나 저 천사의 알은 보다 특이했고 한눈에 봐도 뛰어난 신성력을 머금고 있었다. 그저 바라만 봤을 뿐인데 피부가 저릿하니 말이다.

전생의 마계 옥션에선 천사의 알은 나온 적이 없다. 당시 어둠의 정령들은 차근차근 안정적으로 힘을 키워갈 때였고 굳이 모험할 필요가 없었기 때문이다. 한데 천사의 알까지 나왔다는 건 그만큼 급하다는 방증이었다.

"궁금하지 않으십니까? 도전 욕구가 생기지 않습니까? 본래 천사의 알은 천계의 깊숙한 장소에서 관리합니다. 천계에서도 금지 구역으로 지정되며 선택받은 몇몇 천사만이 오갈 수 있는 그 장소! 천사의 알을 처음 보는 손님이 더욱 많을 것으로 사료됩니다만……."

천사와 마족은 기본적으로 상극의 관계다. 알은 따로 본 적이 없었다. 죽고 죽이기만 무한정 반복할 따름이었다.

그런데 천족의 알이 나왔다. 그것도 무척이나 짙은 신성력의 향이 맡아지는 알이다. 만약 대천사급 이상의 천사를 휘하로 들여서 사육할 수 있다면……. 그러한 상상을 한 번도 안 해본 마족은 없을 것이었다.

상상을 현실로 만들 수 있는 물품.

하물며 천족은 마족과는 천적이니 적들을 제거하기엔 안성맞춤이다.

구매 욕구를 마구 자극했고 드보롱이 쐐기를 박았다.

"아주 특별한 물건이지만 시작가는 낮게 잡아보겠습니다. 모든 손님분께서 참여하기를 바라며…… 시작가, 10만 포인트입니다."

욕망을 둘러싼 달리기가 시작됐다.

천사의 알이 나오고 다른 구매욕을 자극하는 아이템이 연달아 출현하며 경매장의 분위기가 후끈 달아올랐다.

초반에 질 좋은 물품들이 고가에 팔려 나갔다면 후반부는 적당히 신비하고 궁금증을 유발하는 것들이 주를 이뤘다.

천사의 알을 포함해서 내가 가져간 아이템은 열 개에 달했다. 개별 경매에서 구한 지고한 불의 정수, 히아신스의 활, 기타 자잘한 물품을 합치면 열다섯 개였다.

그렇게 경매가 끝났다.

"크리슬리, 돌아가자."

경매가 끝났으니 더는 이곳에 볼일이 없었다. 어서 돌아가서 구매한 물품을 정리하고 차후의 계획을 세워야 한다.

의외의 수확이 많았던 만큼 내 전력은 상승되었다.

'별 기대는 안 했거늘.'

나는 이미 초월자의 영역에 들어섰다. 마계 옥션에서 무언가를 구해봤자 전체적인 전력을 상승시키진 못하리라고 잠정적 결론을 내리고 있었다. 하지만 외부 정령들이 출현하며 어둠의 정령들이 크게 힘을 썼다.

뒤를 안 보고 급전을 마련하는 느낌이 없지 않았지만 덕분에 내가 할 수 있는 일, 움직일 수 있는 범위가 크게 늘었다.

"예."

크리슬리가 조신하게 답하곤 뒤에 따라붙었다.

막 경매장을 빠져나가자 아리엘 디아블로가 그 앞을 막아서고 있었다.

"무슨 용무지?"

작게 물었다.

아리엘은 한쪽 입가를 올리며 여유롭게 답했다.

"랜달프 브뤼시엘, 나는 움직일 것이노라."

움직인다? 여태까진 잠잠히 있었다는 의미인가?

그것을 어째서 내게 선포하는 것인지는 알 도리가 없었지만 아리엘은 마지막 한마디를 더 남기고 몸을 틀었다.

"마지막까지 나를 즐겁게 해다오, 초월의 영역에 들어선 자여."

그것이 전부였으나 결정적이었다.

'역시……'

눈치채고 있었나.

맞수. 강자를 알아보는 눈 하나는 아리엘 디아블로가 최고인 듯싶었다. 초월자의 기량을 뽐낸 적도 없고 드러낸 일도 없건만 아리엘은 확신에 찬 어조로 말한 것이다.

움직인다고 말한 것은 여러 의미로 해석할 수 있었다. 게다가 현재 세력으로서의 힘은 아리엘이 독보적일 터였다. 그녀가 움직인다면 전쟁의 판도가 무슨 방향으로 흘러갈지 알 수 없었다.

우파의 전력을 깎고 오쿨루스를 죽이며 쳐들어온 판데모니엄 휘하 마족들을 없앴지만 아리엘은 건드리지 않았다. 비록 판데모니엄이 오쿨루스의 잔존 세력을 흡수했다지만 온전히 힘을 비축한 아리엘에 비할 바는 못 됐다.

'나도 제대로 준비를 해야겠군.'

그냥 흘려들을 수 없는 이야기다. 아리엘이 본격적으로 움직인다. 그에 따른 대처 또한 마련을 해야 함이었다.

결국 승자는 하나다. 주변 모두가 적이다. 이 규칙은 절대적이었다.

나도 안심은 못한다. 비록 초월자의 영역에 들어가서 개인으론 최강이 되었다지만…….

'전쟁은 나 홀로 치르는 것이 아니지.'

희미하게나마 앞으로 나아갈 길이 보이는 것 같았다.

"나의 던전 마스터시여, 바로 돌아가시겠습니까?"

"할 일이 남았나?"

크리슬리가 고개를 저었다.

"경매의 진행자가 따로 만나고 싶어 하는 눈치이기에……."

"드보롱 말이로군. 신경 쓸 것 없다."

경매가 끝나고 은근슬쩍 내게 눈치를 준 일이 있었다. 뒤에서 따로 만나고 싶어 하는 모양이었는데 그다지 좋은 내용이 오가진 않을 것이었다. 이럴 땐 그냥 무시하는 게 상책이다.

사라진 기간의 일, 물과 불의 정령들과 얽힌 일 따위를 물어올 게 뻔했다. 내가 무시하고 걸어 나가자 크리슬리가 조용히 뒤를 따랐다.

균열을 넘어 던전으로 돌아왔다.

익숙한 최상층의 모습이 가장 먼저 눈에 띄었다.

고급스러운 책상과 의자가 바로 앞에 구비되어 있었고 그 위에는 모락모락 김이 나는 꿀물과 잘 빚어진 쿠키 등이 놓여 있었다.

"마스터, 돌아오셨어요?"

웬일로 이히가 정숙한 모습으로 나를 반겼다. 메이드 옷 같은 것을 입고 있었고 그 모습이 굉장히 어울리지 않았다.

"힘드시죠? 앉아서 속을 삭이세요. 이히가 꿀물과 과자를 준비해 봤어요."

"별일이 다 있군."

저도 모르게 말이 나왔다. 내가 아는 이히가 맞나 싶을 정도의 준비성이었다.

이히는 주먹을 불끈 쥐었다.

"이히는 더 이상 과거의 이히가 아니어요. 앞으로 이히는 마스터의 충실한 요정으로서 본분을 다하겠사와요."

저 다짐이 얼마나 갈지는 모르겠지만 나쁜 현상은 아니었다. 열심히 하겠다는데 누가 뭐라고 하겠는가.

자리에 앉아서 꿀물을 음미했다. 크리슬리도 자연스럽게 반대편에 앉았다.

"마스터, 이번엔 무엇을 구입하셨나요? 이히가 볼 땐 말이에요. 킹비 같은 것도 나쁘지 않을 것 같아요."

그러고 보니 한참 이히가 끌고 다니던 킹비가 보이질 않았다.

'다 죽었군.'

내가 자리를 비운 사이 공격을 받아서 죽은 모양이었다.

전혀 생각을 못했다. 킹비 같은 게 나오지도 않았고.

이히는 열심히 내 주위를 날아다니며 쿠키와 꿀물을 공수했다. 직접 입에 먹여주는 등 헌신적인 노력을 아끼지 않았다.

일말의 기대감이 서린 얼굴로 말이다. 보아하니 내가 킹비를 샀다고 철석같이 믿는 듯싶었다.

지이이이이–!

잠시 후 주변 공간이 일렁거리며 균열이 생겼다.

경매 물품이 이동되기 시작한 것이다.

"이히히. 무엇이 무엇이 나올까요."

이히는 균열 옆으로 쪼르르 날아가 작게 중얼거렸다. 경매가 끝날 때마다 이히는 이런 식의 행동을 취하곤 했다. 이것도 오랜만에 보니 정이 가는 장면이었다.

나는 뒷짐을 진 채 자리에서 일어났다. 크리슬리는 혹시몰라 경계하는 기색으로 나를 보호하듯 주변에 섰다.

이윽고 나타난 첫 번째 타자는 경매의 순서와 같았다.

"……어버버버."

산과 같이 거대한 마수.

히드라!

층의 천장까지 닿는 위용을 뽐내며 가장 먼저 균열을 뚫고 나왔다.

그것을 본 이히가 기겁하며 물러났다. 사레라도 걸린 듯 몸을 떨어댔다.

열여덟 개의 눈이 이히를 바라봤다.

"이, 이히는 맛없어요……."

슬금슬금 자리에서 물러난 이히가 재빨리 내 뒤로 이동했다. 빼꼼이 내 어깨 위에 얼굴을 내밀었다.

크르릉.

크아아아아!

아홉 개의 목이 날뛴다.

상태가 정상적이진 않았으나 공격을 하진 않았다. 완벽하진 않지만 계약이 발동되고 있었다.

"내가 너의 주인이다."

가볍게 다가가서 놈의 배 위에 손을 올렸다. 동시에 모든 힘을 개방하며 '주인'임을 보다 확실하게 각인시켰다.

화르르륵!

마력이 개방되자 오만의 불꽃이 타올랐다. 히드라에게 큰 영향을 끼치진 않았지만 심기를 거슬렀는지 발을 크게 들었다.

하지만 나는 움직이지 않았다. 놈의 모든 눈을 똑바로 바라보며 한번 밟아볼 테면 밟아보라는 행동을 취했다.

"마, 마스터……!"

"던전 마스터시여!"

이히와 크리슬리가 다가왔지만 나는 한쪽 손을 들어 제지했다.

히드라와 나의 기세 싸움이다. 제삼자의 개입은 서로에게 좋지 못하다.

머지않아 육중한 발이 움직이기 시작했고 나를 밟아버릴 듯 내려왔다.

나는 꿈적도 안 한 채 그저 놈의 눈만을 바라봤다. 아무리 나라도 대비 없이 밟힌다면 타격이 없을 수 없다.

긴박한 상황.

참다못한 크리슬리가 지팡이를 꺼내어 움직이려는 찰나, 히드라의 발이 멈췄다.

크르르르……

거친 콧김을 내뿜으며 히드라가 한발 물러섰다. 놈도 당황스러운지 안절부절못하고 있었다.

그러나 이 한 번의 행동으로 모든 게 결정 났다.

"너는 나의 적을 죽일 거대한 검이 될 것이다."

작게 웃으며 말했다.

아무리 히드라가 대단한 마수라고 한들 나는 주인이고 놈은 내 휘하의 마수일 뿐이었다.

다음으로 내가 한 것은 던전 마스터의 계승을 하는 일이었다. 대공이 됨으로써 내겐 그러한 권한이 생겼고 즉시 실행하고자 마음먹은 것이다.

그동안 다른 던전은 너무 효율 없이 배치되어 있었다. 몸이 하나인 탓에 실시간으로 던전의 상황을 살피지 못했다.

그러나 이제는 다르다. 던전 마스터로 임명이 된다면 그에 합당한 권한이 생긴다. 아무래도 요정 혼자서는 한계가 있기 때문에 빨리 처리할수록 좋을 것이었다.

"크리슬리, 이것을 받아라."

"이건…… 경매에서 구매하신 아이템이 아닙니까?"

인형술사의 마음가짐. 언데드를 만들고 조종하는 크리슬리에게 적합한 스킬북이었다.

"앞으로 중국의 던전을 너에게 맡기겠다. 이 아이템은 그에 대한 선물이다. 이제 던전 마스터로서의 직분을 다하도록."

"제가…… 던전 마스터를 말입니까?"

믿기지 않는 듯 크리슬리가 눈을 크게 떴다.

"너에겐 충분한 자격이 있다."

던전 마스터로 임명을 하는 방법은 간단했다. 내가 인정하고 그 증표로 무언가를 건네면 되었다.

크리슬리가 인형술사의 마음가짐을 받은 순간 효력은 발동했다.

[다크 엘프 '크리슬리'가 '던전 마스터'로 임명되었습니다.]

[충성도가 매우 높습니다. 상태 - 맹목, 헌신]

[그녀는 앞으로 대공 '랜달프 브뤼시엘'의 휘하로서 가장 선두에서 적을 멸할 것입니다.]

내 휘하가 되었으니 그에 따른 상태도 볼 수 있는 것 같았다. 하지만 던전은 중국 하나뿐이 아니었다. 일본에도 있었고 그 상대로 나는 미리 점찍은 이가 있었다.

"타쉬말."

"내게도 던전을 맡길 셈이냐?"

검은 여섯 쌍의 날개를 휘날리며 그녀가 물었다.

"너는 일본의 던전을 맡아라. 그곳에서 천사를 양육하며 세력을 키워라. 지형상 견제 없이 힘을 키우기엔 안성맞춤인 장소다."

내가 타쉬말에게 건넨 건 '가즈녁의 메아리'다.

하프 형태의 그것은 지닌 마력의 종류에 따라 강력한 음률을 선사할 수 있었다. 특히 천족, 성녀 등과 관련하여 효과가 크게 상승했다. 타락은 했으나 본질은 같으니 타쉬말이 사용해도 뛰어난 모습을 보일 것이었다.

"사양하지 않겠다."

타쉬말은 따지는 것 없이 시원하게 가즈녁의 메아리를 받아들였다.

[타락한 천사 '타쉬말'이 '던전 마스터'로 임명되었습니다.]

[충성도가 나쁘지 않습니다. 상태 - 적의 적은 아군, 호감]

[그녀는 앞으로 대공 '랜달프 브뤼시엘'의 휘하로서 힘을 발휘하는 데 크게 주저함이 없을 것입니다.]

Chapter 51

이프리트

Dungeon Hunter

내가 가진 던전은 한국을 포함하여 세 개. 이 중 두 개의 임명을 끝냈으니 공실 없이 꽉꽉 채운 셈이었다. 크리슬리와 타쉬말의 능력이라면 던전 마스터로서도 손색이 없을 터.

그리고 타쉬말에겐 건넬 것이 하나 더 있었다.

"이게 무언지 알아보겠나?"

경매에서 구매한 물건 중 하나를 타쉬말에게 내밀었다.

그것을 본 타쉬말의 눈에 큼지막하니 커졌다.

"천사의 알이 아닌가? 알의 단계에서부터 이미 축복이 서린…… 맙소사, 이걸 어디서 구한 것이냐?"

"마계 옥션이다. 너도 내년부터 출입이 가능한 공간이지."

"어둠의 정령들이 천계의 알에 손을 댔단 말인가!"

타쉬말이 몸을 부들부들 떨었다. 나도 천사의 알을 업적 상점에서 구매할 수 있기는 하지만 어둠의 정령들과 달리 대의명분이라도 있었다. 다른 마족들의 씨를 말려 인간들을 구제한다는 명목이다.

실제로 신들과 약속한 회귀의 조건도 그것이었다. 크게 신경은 안 써도 기회를 줬고 오로지 그 하나만을 약속했다. 기적과 같은 일. 가만히 등을 돌릴 만큼 나는 몰염치한 놈이 아니었다. 그리하여 인간에게 몇 가지 기회를 주고자 하는 것이었다.

하여간에 타쉬말은 내 뜻에 동참했지만 어둠의 정령들은 경우가 아예 다르다. 타쉬말은 마계 옥션에 대해 조금이나마 아는 상태였고 어둠의 정령들이 자신의 사리사욕을 위해서 아이템이나 마수를 판다는 것도 알고 있었다.

천사의 알 또한 그와 같은 명목으로 판매되었을 터.

그녀의 분노는 지극히 당연했다.

"걱정 마라. 이것 외에는 없었으니."

대수롭지 않게 말하자 타쉬말이 조금 화를 누그러뜨렸다.

"이 알은 천왕님의 축복이 깃든 특별한 알이다. 상급의 천사로 내정된 알에게만 천왕께서 직접 축복하는 것으로 알고 있다."

치품, 지품, 좌품을 이야기하는 것이다.

하나 타쉬말조차 본래는 중급 주천사의 격을 가지고 있었다. 그것만으로도 대단한 능력을 선보였건만, 상급의 천사라?

"타쉬말, 네가 맡아 키우도록."

"말도 안 된다! 지금 당장 천사의 품으로 돌려보내야 할 신성한 알이다!"

타쉬말이 크게 반박했다. 다른 건 몰라도 상급의 천사에게 보내는 예우 같은 게 있는 모양이었다. 알을 받은 손길도 조심스럽기 그지없었다.

그러나 나는 냉정히 웃었다.

"누구에게 말인가? 지금 지구에 머무는 다른 천사들에게? 그들이 우리의 손을 탄 알을 받아줄 것 같은가? 하물며 그들은 천계로 돌아가지 못한다. 언제나 마족들의 위협을 받고 공격하기를 주저하지 않아 안전하지도 않다."

나도 조금은 천사의 생리를 알고 있었다. 마족과 타락한 천사의 손을 타버린 알을 그들은 받아주지 아니할 것이다. 축복을 받았다고 한들 마찬가지다. 하물며 상황도 좋지만은 않았다.

"……."

타쉬말은 할 말을 잃고 묵묵히 있었다.

나는 쐐기를 박았다.

"안전히 양육할 수 있는 장소로는 일본의 던전만 한 곳이 없다. 알겠나? 네가 아니라면 이 알은 그저 방치당한 채 빛조차 보지 못하고 끝이 날 운명 속에 있다는 말이다."

"······알겠다. 그러나 크게 기대는 말라. 나보다 격이 높은 천사의 양육을 내가 온전히 잘할 자신은 없으니······."

쓸쓸히 읊조리며 타쉬말은 몸을 돌렸다.

어차피 그녀가 못한다면 아무도 못한다. 나와 내 휘하 마수 중에서 천사에 관한 지식은 그녀가 가장 많은 탓이다. 지금은 타락하긴 하였으나 본질은 천사 그 자체였으므로.

'남은 포인트는 1,200만가량.'

임명식은 끝났다. 따로 예를 차리거나 하지는 않았지만 충분하다. 그런 허례허식보단 실적이 더욱 중요했다.

'내가 착용할 것으로는 이 반지 하나면 되었다.'

나는 경매장에서 구매한 것들 중 하나인 '정복자의 반지'를 착용하고 있었다. 심안을 띄우자 그에 관한 설명이 떠올랐다.

이름 - 정복자의 반지(Epic, Set)

설명 : 정복자만이 착용할 수 있는 절대반지입니다. 두 개가 한 쌍의 세트이며 나머지 하나의 반지를 함께 착용하거든 막강한 힘을 발휘할 수 있다고 전해집니다.

*착용자의 마력과 비례하여 '위엄' 효과. 소모한 마력의 회복력 대폭 상향(정복한 영지 하나당 +10%)

*개인 소유의 '영지'를 가진 자에게만 효과가 발휘된다.

**약자멸시의 반지와 함께 착용 시 '파이널 임팩트(Ex Epic)' 스킬

사용 가능

    따로 능력치를 올려주는 옵션은 없다. 그러나 내가 주목한 건 세트의 효과와 소모한 마력의 회복력 향상이다.

    상처를 재생하거나 잃은 체력을 돋우는 아이템은 많지만 마력의 회복을 돕는 것은 거의 없었다. 하물며 성장 가능성이 무궁무진한 성장형 아이템이었다.

    이 회복력이라는 게 정확한 기준이 없어서 애매모호해 보이지만 대략 감은 잡을 수 있다.

    내 경우 모든 마력을 소모하면 대체로 5일은 쉬어야 회복이 되는 느낌이었다. 던전 3개와 지저 세계를 접수하며 40%가 향상되었으니 이 일수가 3일 수준으로 줄어드는 것이다.

    '약자멸시의 반지는 아직 구할 길이 없지만…….'

    애당초 처음 보는 반지였다. 나도 약자멸시의 반지가 어디에 있는지 알지 못한다. 그러나 언제고 반드시 구할 수 있으리란 확신이 들었다.

    "크리슬리, 로이가 어떻게 지내는지 궁금하구나."

    로이, 그 작은 다크 엘프는 한국의 각성자들, 그리고 기린과 함께 판데모니엄과 관련된 마족의 던전을 공격하고자 움직이고 있었다. 지금쯤이면 공격의 성과가 나타날 시간이었다. 못내 궁금하였다.

    "수정구를 가져오겠습니다."

크리슬리가 가볍게 고개를 숙이며 떠났다.

잠시 후 그녀가 자기 몸통만 한 크기의 수정구 하나를 가져왔다. 그곳에 마력을 흘려 넣자 로이의 주변 영상이 떠올랐다.

"젠장!"

수천의 각성자 중 하나가 욕지기를 내뱉었다. 피폐한 몰골. 접질린 다리를 억지로 끌며 이동하는 중이었다.

"거의 다 됐는데! 던전 코어가 코앞이었는데!"

"거기서 충원이 이루어질 줄이야."

완전한 던전 공략에 실패하고 만 것이다. 공략 직전까지 갔으나 갑작스러운 마수의 충원으로 발을 뺄 수밖에 없었다.

그마저도 기린이 발동시킨 '결계'가 없었다면 몰살당할 판국이었다.

"이만하면 되었다. 그들에게 입힌 피해는 실로 막중한 것. 고국으로 돌아가 다시금 힘을 기르면 저들을 없앨 수 있다는 희망을 본 것만으로도 충분하다."

가장 선두에서 여인의 형상을 취한 기린이 말했다. 비록 실패로 끝났으나 매우 값진 경험이었다. 여태껏 억눌리고 도망만 다니던 각성자들이 반격을 가한 것이다. 이 경험은 저들을 빠르게 성장시켜 줄 터였다.

"마, 맞아요……."

그 옆에서 로이가 고개를 주억였다.

전선에서 함께 싸우며 로이도 나름 분주히 움직였다. 말은 버벅거렸으나 몸 곳곳에 상처가 생겨서 제법 믿을 만한 얼굴이 되었다. 실질적으로 이들은 지도한 둘이 그렇게 말하자 분위기가 단박에 반전되었다.

"맞아, 구세주의 아이께서도 동의하시잖아?"

"힘을 기르겠습니다. 우리를 도와주십시오."

"부디……!"

각성자들의 눈에 불이 켜졌다. 스스로의 힘으로 던전 코어의 공략 직전까지 간 것이다. 오로지 각성자만으로 해낸 쾌거였다. 전례가 없는 일. 자신감이 상승할 법도 했다.

그 소란의 와중 기린이 로이에게 작게 말을 걸었다.

"아이야, 저들의 의지는 나에게만 닿아 있지 않다. 너의 주인이 나선다면 일이 쉽게 풀리겠으나 그에게 그럴 의지는 없는 것 같으니…… 네가 나서야겠다."

"제가요?"

"나는 저들에게 암시를 걸었다. 내 '기린아' 스킬은 저들 중 몇몇에게 왕의 기질을 가져다줄 것이다. 그러나 갑작스럽게 생긴 탑은 무너지게 마련. 그들을 통제할 수단이 필요하다."

"기린 님이 하시면 되잖아요?"

"나는 저들의 수호신이니라. 그 믿음을 전제하에 내 스킬이 성립하는 것인즉. 내가 저들을 벌한다면 왕도 탄생하지 못하게 되리라. 설령 탄생한들 그는 성군이 아닌 폭군으로 이름을 날리게 되겠지."

로이가 망설이며 말했다.

"……마스터의 동의를 구해야 해요."

기린이 얇게 웃었다.

"그라면 동의할 것이다."

나는 로제를 불렀다. 상황이 돌아가는 것을 보니 로이 혼자서는 벅찰 것 같았다. 아무래도 로제의 도움이 있어야 할 듯싶었다.

"로제, 지금 바로 로이에게 가서 이 검을 건네라."

"엄청 멋있게 생긴 검이네요?"

"에세랄 블레이드다. 로이를 증명할 검으로선 충분할 것이다."

로제가 눈을 동그랗게 떴다.

"제 거는요, 마스터?"

로이 혼자서 검을 가진다니 샘이 난 모양이었다.

"너는 따로 만들어주마. 안 그래도 소량의 '오리하르콘'을 구할 수 있었다."

"앗! 그거 저도 책으로 봤어요. 대단한 금속이라고요. 그걸로 로제의 검을 만들어주신다는 건가요? 와!"

자리에서 방방 뛰며 로제가 기쁨을 표했다.

오리하르콘.

마계 옥션에서 구매한 물건 중 하나.

오리하르콘은 신의 금속이라 일컬어지는 지상 최강의 철이다. 이 철을 정제하여 무기를 만들면 그 하나하나가 역작이 아닌 것이 없다고 했다. 그만한 실력의 대장장이를 구하기도 힘들지만 내겐 드워프킹과 오스웬이 있었다. 둘의 조합이라면 이 금속도 충분히 제련할 수 있을 것이다.

"검이 완성되거든 따로 보내주겠다. 로이에게 검을 건넨 뒤 합류하여라."

"로제보고 로이를 도우라는 말씀이죠?"

"그렇다."

"하긴, 로이만으로는 미덥지 못해요. 로제가 옆에서 철저하게 감시해야 해요."

로제는 자기 몸보다 큰 검을 아무렇지도 않게 들었다. 이후 M3에게 검을 옮기곤 고개를 꾸벅 숙였다.

"다녀오겠습니다~"

M3의 어깨에 올라타곤 로제가 빠르게 이동하기 시작했다.

'그럼…….'

경매의 사후처리는 대강 끝이 났다. 다른 것들은 시간이 필요하고 당장 따로 할 일이 있었다.

'지고한 불의 정수.'

지고한 불의 정수는 철창 속에 갇힌 채로 던전에 들어왔다. 나는 최상층으로 올라가 그 자태를 잠시 감상하였다.

다른 이들은 모두 불의 형태라고 하지만 내게는 두 발 달린 용으로밖에 보이지 않았다. 짧은 손도 있는 걸 보면 '용인(龍人)'이라고 해도 될 것 같았다.

등줄기를 따라 불이 솟아올랐으며 날카로운 인상을 지니고 있었다.

'너는 무엇이냐?'

속으로 되물었다. 처음 봤을 때부터 묘한 끌림이 있었던 걸 부정할 수 없다. 심지어 익숙한 느낌도 들어서 얼마나 당황했던가.

이제는 확인할 차례였다.

불의 정령에게 돌려주기 전에 내 궁금증을 먼저 해소할 것이었다.

덜컥!

철창의 잠금 쇠를 풀었다. 문을 열고 놈을 바라보자…….

그르르르르!

놈이 내게 달려들었다.

끝없이 펼쳐진 새하얀 공간.

그 중심에서 나는 눈을 떴다.

'여기는?'

눈살을 찌푸렸다. 처음 보는 공간이었고 이런 곳으로 이동한 기억이 없었다. 불의 정수가 내게 달려든 직후 벌어진 일이라는 것만 추측할 수 있었다.

"네 안에 든 것을 내놔라."

새하얀 공간에 불길이 치솟았다.

이윽고 눈에 익은 존재가 나타났다.

"불의 정수인가?"

두 발 달린 용.

용인이라 칭한 그놈이었다.

여기는 놈의 심상 세계쯤 되는 것 같았다.

"내 이름은 이프리트. 아홉 개의 불 중 하나. 콘테고놈이 훔쳐 간 내 반쪽은 네게 이전되었다. 내놓지 않으면 네놈을 멸하리라."

무슨 말을 하는 건지 알 도리가 없었다. 그나마 추측 가능한 점이라면 내가 콘테고놈을 죽였고 그 순간 무언가가 나한테 들어왔다는 것이다.

"이프리트, 네 말이 맞다 해도 내게 온 것은 그 순간부터 온전히 내 것이다. 거래라면 응하겠으나 단순한 협박으로 건네줄 생각은 없다."

"내 비록 지금까지는 갇혀 있었으나 이제는 다르다! 이곳은 나의 세계이니 너는 결코 나를 이길 수 없다. 내놓지 않겠다면 그 몸을 통째로 차지하리라!"

그그그그긍.

세계가 떨리며 이프리트의 몸이 불어났다.

잠시 후 변형된 이프리트는 끝이 보이지 않는 거대한 크기를 유지하고 있었다.

넘실대는 불의 마력!

이프리트의 기세는 실로 놀라웠다.

능히 마력 100은 넘는 수치다.

하지만 애매모호한 점도 분명 많았다. 놈은 스스로를 '반쪽'이라 칭했다. 나머지 반쪽이 내게 들어와 있다고 했으니 그와 진배없다. 그런데도 초월자의 격을 지녔다? 고작 반쪽으로 초월 지경에 들 수준이었다면 어둠의 정령들 따위에게 넘어갔을 리가 없다.

철창을 부수지 못한 것도 이해가 안 된다. 경매장에 있을 당시 이프리트는 나를 그저 노려보며 발악할 뿐 철창을 나오지 못했다. 제아무리 마신의 이름으로 만들어진 철창이라고는 하나, 초월자를 가둬놓을 순 없었다.

'이곳은 꿈속이다.'

나는 피식 웃었다. 무엇보다 놈 자체가 내게 커다란 힌트를 주었다.

자신의 꿈 속이라는 것.

본래 '꿈'이라 칭해지는 것은 허구에 불과하다. 진실을 가리고 거짓만을 보여주는 세상. 불가능한 것조차 이 안에선 이루어진다.

그러니 이프리트가 몸집을 키우고 초월자의 격을 가진 것 '처럼' 보이게 하는 게 가능하다는 소리다.

진실을 깨닫자 조금씩 꿈의 빈틈들이 보이기 시작했다.

나는 심안을 열었다. 스스로가 인지한 상태에서 심안을 연다면 모든 진실을 밝힐 수 있으리라 판단했다.

이름 : 이프리트

능력치 :

  힘 90

  지능 88

  민첩 87

  체력 85

  마력 90

  잠재력 (440/500)

특이사항 : 아홉 개의 불 중 하나. 그들의 역할은 본래 불의 정령
             계를 지키는 수호자입니다. 현재 고유 능력인 '지배'를
             잃고 반쪽만 남은 상태입니다.

스킬 : 심상구현(Epic), 불의 힘(Epic)

역시나.

심안을 통해 본 능력치는 이름에 비하면 크게 보잘것없었

다. 겉으로 느껴지는 이 위압감도 결국 '조작'된 것이라는 게 증명되었다.

"어떠냐? 지금이라도 내놓는다면 목숨만을 살려주리라."

이프리트가 선심이라도 쓰는 양 말했다.

비웃음이 입가에서 떠나질 않았다.

별의별 녀석들을 다 만나봤지만 '지고한 불의 정수'라는 녀석이 직접적으로 사기를 치려들 줄은 꿈에도 몰랐다.

불의 정령들이 그렇게나 예우하며 떠받든 놈이건만 삼류 사기꾼에 지나지 않았다.

"말이 많구나."

나는 짧게 입을 열었다.

정녕 자신이 있다면 저런 식으로 대화를 유도할 필요가 없다. 오랜 세월을 살았다면 마족의 생리를 모르진 않을 터. 승자는 갖고 패자는 잃는다. 강자는 모든 걸 차지할 권리가 있다. 그런데도 굳이 이야기를 꺼낸다.

불안함의 방증이다. 반쪽짜리라지만 내가 가진 '격'을 아예 못 알아봤을 리가 없었다. 어떻게든 허세로 나를 누르고 싶은 것이겠지.

씨알도 먹히지 않았지만 시도는 좋았다.

"기회를 주는 것이다. 나는 필요 없이 힘을 쓰는 걸 싫어하노라."

이쯤 되면 가관이란 말이 절로 떠오른다.

허장성세도 정도가 있는 것이다.

이에 나는 전신의 마력을 개방하고 목에 힘을 가득 주었다.

"진실된 모습을 드러내라, 이프리트."

그 순간.

쿠르르릉!

세상이 흔들렸다.

내가 진실을 깨달은 이상 이 세상은 아무런 힘을 발휘할 수가 없다. 하물며 나를 잡아두기에 이 세상은 너무나도 조악했다.

"이, 이럴 수가……!"

언제 그랬냐는 듯 이프리트의 크기가 원래대로 돌아왔다.

이프리트는 당황하여 한 발자국 뒤로 물러났다. 하지만 그대로 보내줄 생각은 터럭만큼도 없었다.

분노와 황제의 검을 꺼내 들었다.

"이곳은 꿈의 세계이니 죽지는 않겠지. 아니, 본체가 불이니 원래 안 죽는 건가?"

아무렴 어떤가.

놈이 죽기 직전까지 베이고 찔리리란 사실은 변함이 없었다.

이프리트가 항복을 외쳤다.

"그만! 내가 졌다. 네놈을 인정해 주마."

그러나 빳빳하기 그지없었다. 억지로 하는 느낌이 가득했다.

제아무리 꿈속의 세계라고 하지만 초월자의 격에 이른 내가 공격한다면 현실에서도 크게 타격을 받게 되어 있었다. 애당초 내겐 그 구분이 무의미했다.

그런데도 저런 태도라.

"아직 정신을 덜 차렸군."

매가 더 필요할 듯싶었다.

"제, 제발……."

이프리트의 육신이 걸레짝처럼 늘어졌다. 꿈속의 세계는 계속해서 이프리트의 부서진 신체를 수복하고자 했지만 내 공격력이 재생력보다 우위에 있었다.

파괴되는 속도를 따라가지 못해서 지금 이프리트의 육체는 기괴하기 짝이 없었다. 손이 머리에 가 있고 얼굴은 발에 붙어 있었다.

나는 저열하게 웃어 보였다. 한쪽 입꼬리를 올리곤 다시 한 번 놈의 몸뚱이를 갈랐다. 그럴수록 이프리트의 전신에서 솟는 불길이 약해져 갔다.

"그만! 그만! 으아아악!"

처절한 비명 소리가 전 공간에 울려 퍼졌다.

한 차례 고통으로 바닥을 뒹군 이프리트가 악을 썼다.

"나를 소멸시킬 작정이냐! 내가 소멸되면 네 안에 든 힘도 폭주할 것이다! 네놈이라고 무사할 줄 아느냐!"

"말투."

"……?"

"사기꾼의 입이 너무 가볍구나. 그리고…… 그 역시 허세 겠지."

한 번 거짓을 말한 입은 두 번도 쉽게 한다. 설령 이프리트의 말이 옳다고 하더라도 내가 그를 제어하지 못할 까닭이 없었다. 조금 힘에 겹긴 하겠으나 극복하지 못하리란 생각은 전혀 들지 않았다.

콰직!

나는 놈의 입을 밟아서 뭉갰다.

이후 한 시간가량을 더 매질한 끝에야 이프리트의 태도에 변화가 생겼다.

"사, 살려주십시오. 나는 아직 소멸되어선 안 됩니다."

"이유는?"

"2만 년간 만나지 못한 아들을 만나야……."

"이런 개소리를 계속 듣고 있어야 하는 건가?"

혀를 찼다. 이프리트는 기본적으로 '불'이다. 생물적으로 누군가를 낳는 건 불가능하다.

더 맞아야 정신을 차릴 것 같았다.

검을 번쩍 들자 이프리트가 절박하게 외쳤다.

"아홉 번째 불! '용기'를 상징하는 그 불은 내게서 파생되었습니다! 2만 년이나 보지 못해 녀석도 분명 상심이 클 겁니다."

"그러니 무사히 보내 달라?"

"그, 그렇습니다."

새로운 정보다. 나는 잠시 고민하며 저울질을 해봤다.

지고한 불은 불의 정령들에게 매우 중요한 의미를 가지고 있었다. 불의 정령계가 태동할 때부터 하나씩 생성되어 왔으며 현재 총 아홉 개가 있다고 전해지는 것이다.

이놈을 살리면 그 '용기'의 불과도 접촉할 수 있다는 의미다. 내 영향력이 상승하는 건 두말할 필요가 없다.

이프리트가 긴장하며 이어서 말했다.

"우리는 정령왕과 직접 통할 수 있습니다. 지금 불의 정령계에 있는 정령왕은 제법 말이 통하는 녀석이니 후하게 보상하겠습니다. 나 혼자라면 모르나 아들이 함께 고한다면 정령왕도 무시하진 못할……."

"돌려보내 주마."

녀석의 말을 끊고 내가 입을 열었다.

그러자 이프리트가 반색하였다.

"정말입니까!"

"그러나 내 안에 든 것은 건네줄 수 없다. 물론, 방법이 없는 건 아니다."

"……?"

이프리트가 굳었다. 내 말투에서 느껴지는 무게가 보통이
아니라는 걸 본능적으로 깨달은 것이다.

나는 검을 겨누며 말했다.

"내 안으로 들어와라. 콘테고놈처럼 잡아먹는 것도 생각
하지 않은 건 아니지만 너도 정령의 한 형태이니 '계약'이 가
능할 것이다."

"그건……!"

맹점을 찔렀다.

내가 전혀 손해를 안 보며 모든 것을 챙길 방법!

바로 계약이다.

일반 정령과 계약하는 것과는 비교가 안 된다.

지고한 불과 계약을 한다면 불의 정령들도 나를 함부로 대
할 수 없다. 더불어서 녀석이 가진 힘도 온전히 내가 사용하
는 것이 가능해진다.

어쨌거나 '반쪽'은 내 안에 있다고 했으니 말이다.

그뿐만 아니라 그 '용기'를 담당하는 불과의 만남도 기대해
볼 법했다.

"너에게는 두 가지 길이 있다. 소멸과 계약. 어느 길을 걸
을 테냐."

"지고의 불이 누군가와 계약한 전례는 없습니다. 그대의

힘은 인정하는 바이나 이건 경우가 전혀 다릅니다."

"그럼 소멸을 택하겠다는 소리로군."

입가의 미소를 지우고 자세를 잡았다.

스스로 죽겠다는데 어쩌겠는가.

아예 저항할 수 없도록 만들어서 잡아먹는 것 외엔 별달리 방법이 없을 것 같았다.

불의 정령들에게는 따로 변명거리를 만들어야겠지만, 그것도 판데모니엄이나 콘테고놈에게 모두 뒤집어씌우면 그만이었다.

그런 내 의지를 느꼈는지 이프리트가 손을 올렸다.

"잠깐! 전례는 없지만 그렇다고 안 된다는 규칙 또한 없습니다. 계약…… 계약을 하지요. 대신 불의 정령들과 척을 지게 된다면 이 계약은 자동으로 파기되게 하겠습니다."

"그들이 먼저 내게 검을 겨누지 않는다면."

어깨를 으쓱했다. 한동안 불의 정령과는 동맹 관계를 유지해야 한다. 그들을 꼬드기고 지상으로 나오게 하는 것이 나의 목표 중 하나였다. 더불어서 어둠의 정령들을 압박하게 하는 것이다.

"내가 가진 불의 원천을 그대에게 쏟겠으니 거부하지 마십시오."

화르륵!

말이 끝나기 무섭게 이프리트의 등줄기에서 강렬한 불꽃이 치솟아 올랐다. 이윽고 그 불꽃이 나를 삼키듯 잡아먹었다.

'뜨겁지 않군.'

묘한 감각이다. 뜨겁기보단 따듯하기 그지없었다.

[지고한 불의 정수 '이프리트'가 마족 '랜달프 브뤼시엘'과의 계약을 원합니다.]

[받아들이시겠습니까?]

한 차례 고개를 끄덕이자 새로운 창이 떠올랐다.

[계약이 완료되었습니다.]

[불가능한 업적! 최초로 지고한 불의 정수와 계약한 마족이 되었습니다. 앞으로 불의 정령들은 사용자 '랜달프 브뤼시엘'을 맞이하여 더욱 우대하게 될 것입니다.]

[3,000,000pt를 획득했습니다.]

[업적 점수 2,000점이 추가됩니다.]

억지로 잡아먹는 것보단 역시 계약이 낫다. 앞으로의 일을 따져 봐도 이게 맞는 것 같았다.

"나는 일반적인 정령들과 달리 정령계로 복귀할 수 없습니다. 어쩔 수 없이 그대의 신체 중 한 곳을 내 보금자리 삼아야 합니다."

이프리트가 여전히 우울한 어조로 입을 열었다.

"너의 반쪽은 어디 있지?"

"심장, 그곳에 숨겨져 있습니다."

나락군주의 심장 안이라…….

어째서 그 안에 있으면서도 존재감을 느끼지 못한 건지 의아할 수밖에 없었다.

'계약은 절대적이다. 적어도 이프리트가 나를 속여 죽일 수는 없다.'

게다가 나락군주의 심장은 강력하다. 이프리트가 무슨 짓을 하려고 해도 나락군주의 심장이 가만히 있지 않을 것이었다. 도리어 그곳은 진정한 '감옥'이 되어 이프리트를 속박할 터.

다른 이였다면 심장이라는 소리에 기겁하겠지만 나는 조금 경우가 달랐다.

내 몸 안에는 뇌신도 기거하는 중이었다. 만에 하나 이상한 움직임을 보여도 이프리트에겐 방법이 없었다.

"좋다, 심장으로 하지."

쿠르릉!

고개를 주억이자 가상 세계가 무너지기 시작했다.

현실로 돌아오자 내 앞에 있어야 할 지고한 불의 정수가 보이지 않았다. 계약에 따라 내 심장 안으로 이미 이동한 것이다. 그리고 그와 동시에 나뉘었던 힘이 결합되어 갔다.

'이게 지배의 힘인가?'

이프리트. 녀석은 '지배'를 담당하는 불의 정수라고 했다. 과연 여태껏 없었던 묘한 힘이 내 안에 덧붙여진 기분이었다.

[나뉜 '이프리트'의 힘이 완전히 결합하는 데 성공했습니다.]

['이프리트'의 힘이 '나락군주의 심장'에 의해 강제 결합되었습니다.]

['이프리트'가 절규합니다. '지배'의 권능이 사용자 '랜달프 브뤼시엘'에게 안착했습니다.]

이건 또 무슨 소리란 말인가?

'강제 결합?'

계약이란 따로 그 대상을 불러야 힘을 발휘할 수 있다.

그런데 강제 결합이 되며 내가 원할 때 사용 가능하도록 변한 모양이었다.

'나락군주의 심장이 이프리트에게 족쇄를 채웠군.'

대충 이해는 되었다.

결합까지 시킬 줄은 예상치 못했지만 나쁜 일은 아니었다.

얇게 웃으며 상태창을 띄우자 스킬란에 '지배의 권능' 스킬이 추가되어 있었다.

이름 - **지배의 권능** (Ex Epic, Passive)

설명 : 상대를 빈사 상태로 만들었을 시 '지배'하는 게 가능해집니다. 사용자의 마력, 상대의 지능에 따라 성공 확률이 바뀝니다. 지배하게 된다면 상대의 의지, 자아 따위가 조금씩 무너지며 사용자를 따르게 됩니다.

**'영역 선포'가 된 장소에서 아무런 영향을 받지 않습니다.

Chapter 52

불의 정령왕

Dungeon Hunter

제압한 대상이 나를 따르도록 만드는 스킬. 지배의 권능은 실로 놀라운 것이었다. 그야말로 나를 위한 스킬이라고 할 수 있었다.

'활용도가 높겠군.'

단순히 지배 하나만 봐도 대단한 능력일진대 숨겨진 옵션에 부가적인 효과 하나가 더 추가되어 있었다.

바로 영역 선포의 무효화!

나 하나에 한정하지만 이는 결코 간단한 의미가 아니었다.

천사의 영역, 다른 마족의 던전 등에서 아무것도 내게 영향을 끼칠 수 없는 것이다. 그리고 어느 정도 '격'을 쌓은 이는 자신만의 영역을 자동으로 가지게 된다. 아니면 자체적인 스킬이 있을 수도 있고. 어쨌든 그 자체가 무효화되니 이 효용은 값어치를 따지기가 어려울 수준이었다.

톡.

가볍게 심장 쪽을 두드렸다. 이어서 뇌신을 흘려보내자 심장 안에 갇힌 이프리트를 느낄 수 있었다.

'나락군주의 격이 지고한 불의 정수보다 높은 것이겠지.'

하기야 신에 도전했고 그 가까이 다가간 인간이 얼마나 강하겠는가. 반신조차 되지 못한 이프리트는 비교도 할 수 없다.

"이히."

"예, 마스터. 이히가 여기 있어요~"

부르기 무섭게 이히가 지근거리에서 날개를 펄럭이며 날아왔다. 근처에서 대기하며 내가 부르기만을 기다리고 있었던 것이다.

커다란 눈망울엔 기쁨이 흘러넘쳤다. 내가 던전에 돌아온 이후부터 이히는 내 근처를 잘 떠나려 하지 않았다.

"막시움과 오스웬을 불러와라."

"이히히! 넵!"

싱글벙글 웃으며 이히가 떠나갔다.

이윽고 나는 고개를 돌려 철창 옆에 놓인 얼음 동상을 바라봤다.

거대한 얼음 속에 갇혀 있는 다크 엘프 여인.

다크 엘프 하이어 쉴라!

저주받은 그녀의 시체였고 이 문제에 대해서 나는 막시움과 오스웬에게 물어볼 것이 있었다.

5분여 정도가 지나자 이히를 필두로 막시움, 오스웬이 모습을 드러냈다. 이히는 내 명령을 완수했다는 생각에 의기양양했고 나머지 둘은 고개만 갸웃할 따름이었다.

"너희들을 부른 건 다른 게 아니라 이 동상에 대해 묻고자 함이다."

"매우 아름다운 다크 엘프군요. 저 이마의 문양은…… 하이어입니까?"

오스웬이 먼저 답했다.

"맞다. 그녀는 크리슬리의 친모다."

"……!"

던전에서 생활하며 크리슬리가 누구인지 오스웬과 막시움도 알고 있었다.

"그리고 저주를 받은 채 죽었지. 나는 이 저주에 대해 너희에게 묻고 싶다. 익숙한 느낌이 나지 않는가?"

"감히 이런 말씀을 드려도 될지 모르겠으나……."

"막시움, 기탄없이 말하라."

"기억을 잃기 전, 황제 폐하가 가진 기질과 약간 비슷한 듯싶습니다. 하나 그렇다고 하기엔 너무 사이합니다. 저로선 확답을 내리기 어렵군요."

나는 고개를 끄덕였다.

"바로 그렇다. 하나 그림자 황제는 아니다. 그와 비슷한 기질을 가진 무언가지. 하지만 그림자 황제는 하나뿐이고 그의 흉내를 낼 수 있는 자는 세상에 없다."

단언할 수 있다.

그와 같은 존재는 그림자 황제뿐이라고.

흉내를 낸다 하여 낼 수 있는 이가 아니다.

"……허무!"

오스웬이 손뼉을 쳤다.

그는 내가 진짜 나락군주가 아님을 알고 있었다.

신에 도전한 나락군주. 하나 신이 되지 못한 그가 이후 간 곳이라면…… 허무밖에 없었다. 나는 오쿨루스에 의하여 콘테고놈이 소환된 걸 또한 알았다. 마찬가지로 마계에 나락군주가 소환될 수도 있는 것이다.

그리고 진짜 나락군주가 허무에서 돌아왔다면 진마롱 아오진과 비견될 마력을 지녔대도 이상할 게 없었다.

내막을 알지 못하는 막시움은 눈살을 찌푸릴 수밖에 없었다.

"황제 폐하, 하지만 황제 폐하께선 버젓이 이곳에 계십니다. 허무로 끌려간 이들은 현세에 결코 존재하지 못한다고 압니다만."

"허무를 규정할 수 있다면 그곳은 더 이상 허무가 아니겠지. 하여 나를 잘 알고 있는 너희에게 묻고자 한다. 이 저주, 어떻게 풀면 되겠나?"

나는 반쯤 확신하고 있었다. 나락군주가 허무에서 마계로 소환되었다고. 이곳 지구에 소환되지 않은 게 다행이지 만…… 모를 일이었다.

후에 마계의 상황이 허무에서 돌아온 나락군주에 의해 엉망진창이 된다면 대공들의 움직임도 변화가 생길 것이었다. 어쩌면 그 힘을 자신의 것으로 만들고자 하는 무리가 나타날 가능성도 충분히 있었다.

그러니 준비를 해야 했다.

만약 최악의 상황에 처했을 때 대처할 수 있도록.

한참이나 고민 끝에 막시움이 말했다.

"진정 황제 폐하께서 손을 쓰셨다면 방법이 없습니다. 그나마 하나 있다면 저주를 튕겨낼 '마구'를 만드는 수밖에는……."

"저주에 특화된 마법 무구 말인가?"

"그렇습니다, 폐하.

시선을 돌려 오스웰을 바라봤다.

"만들 수 있겠는가?"

오스웰이 고개를 저었다.

"재료가 문제지요. 이만한 저주를 튕겨낼 수 있는 마구라는 게…… 대장장이 실력이 아무리 좋아도 한계가 있습니다.

하나 구상해 둔 게 있긴 합니다만 전설의 오리하르콘이라도 어디서 떨어지지 않는 이상…….""

나락군주에 의해 오스웬은 고통을 받았다. 나락군주가 사용하는 힘 같은 것도 잘 알 테고 방비하고자 여러 가지 구상을 해뒀을 게 뻔했다. 예상대로 그러한 부분에서의 준비는 끝난 거 같았다.

"있다."

남은 게 있다면 재료뿐!

"오리하르콘이 있다고요?"

"무구 몇 개를 만들 정도는 구할 수 있었지. 가능하겠나?"

이히를 바라보자 이히가 재빨리 날아갔다. 이제 눈빛만 교환해도 적당히 알아들을 수 있는 눈치가 생긴 이히였다.

이윽고 오리하르콘 더미와 함께 이히가 돌아왔다.

그것을 본 오스웬이 입을 크게 벌렸다.

"……세상의 오리하르콘 전부를 긁어오셨습니까? 제가 살아생전 본 것도 손톱만 한 게 전부인데…….""

"오스웬."

"가능합니다. 충분하지요. 오랜만에 실력 발휘를 하겠습니다. 허허."

오스웬이 어깨를 으쓱거렸다.

"더 필요한 건 없나?"

"저주를 살피고 재료를 보강하는 데 시간이 걸립니다. 필요한 게 있다면 요정님에게 따로 말씀드리지요. 안 그렇습니까, 요정님?"

오스웰이 이히를 바라보며 윙크를 날렸다.

이히는 도도하기 짝이 없는 표정을 지어 보였다.

"이히는 새로운 찻잔이 가지고 싶어."

"당연히 만들어 드려야지요."

"예전에 준 꿀통 있잖아? 그거 별로인 거 같아."

"당연히 새로 만들어 드려야지요."

아무래도 그간 모종의 거래가 오가고 있었던 듯싶었다. 크게 개의치 않을 수준이라 대놓고 내 앞에서 말하는 것이었다. 이쯤은 나도 애교로 넘어가 줄 수 있었다.

'크리슬리의 차례는 조금 더 뒤로 가겠군.'

쉴라의 시체로 언데드를 만드는 것보다 이 저주를 해석하는 게 먼저다. 그리하여 대비한다면 최악의 상황에서도 생존을 모색할 수 있을 터였다.

'나락군주라.'

쉴라가 이 상태가 되어 죽은 시기는 상당히 오래전이었다. 진정으로 허무에서 돌아온 나락군주의 소행이라면 이후 녀석이 어떤 행보를 보일지 예상이 됐다.

그로 인해 대공들의 움직임이 어떻게 변할지도…….

나는 표정을 굳힌 채로 막시움을 바라봤다.

"막시움, 너는 따로 해줄 일이 있다."

다음 날.

막시움이 리치를 비롯한 수천 기의 해골 병사와 함께 던전을 나섰다. 눈에 띄지 않는 경로로 이동하며 태평양을 건넜다.

남아메리카 칠레에서 다시금 등장했으며 등장한 즉시 주변의 모든 걸 쓸어버렸다.

"황제 폐하를 위하여!"

던전과 마수, 인간을 가리지 않았다. 눈앞에 있는 모든 것을 죽이며 혼란을 야기했다. 시체로 병사를 만들고 그렇게 숫자를 불리자 세가 급격하게 늘어났다.

남아메리카는 대공 우파가 있는 본진과 같은 영역.

하지만 그들은 막시움의 출현을 제대로 견제하지 못했다.

아리엘 디아블로와의 전쟁을 준비하느라 대부분의 병력이 위쪽으로 빠져 있던 탓이다.

북아메리카.

미국 라스베이거스.

던전이 있으나 지난 5년간 별다른 몬스터 웨이브가 없었기에 나름 평화로운 도시로서 각인된 장소다. 사람들의 일상은 크게 달라지지 않았고 도리어 피해를 받은 세계의 사람들이 속속들이 모여왔다.

사람들은 이 일상이 변하지 않으리라 생각하며 안주하고

있었다. 미국 최대의 휴양지로 이름을 드날릴 정도이니 두말
은 필요가 없다.

실제로 모든 던전 중 거의 유일하게 몬스터 웨이브가 한
번도 안 일어난 것이다.

하지만 그것도 오늘까지였다.

200기의 데스 나이트.

500기의 다크 워리어.

수많은 오우거와 켈베로스, 기타 고급종의 마수들이 던전
을 통해 나타났다.

그리고 최상급 마수 다크 홀스 위에 탄 아리엘 디아블로!

그녀가 등장한 즉시 시끄럽던 라스베이거스에 무거운 침
묵이 감돌았다.

"나 아리엘 디아블로가 선포한다. 인간들의 멸족을, 지구
의 멸망을."

눈이 부시도록 아름다운 외견, 이마에 난 커다란 뿔, 압
도적인 분위기. 그 모든 게 혼합되어 사람들의 정신을 앗아
갔다.

마수들의 갑작스러운 등장도 등장이지만 진정으로 모두를
압도한 것은 그녀 하나다.

하지만 아리엘은 대공이며 마족이다. 인간의 시선 따위를
신경 쓸 이가 아니었다. 도리어 인간이라면 진절머리를 치는
편이었다.

주변을 둘러보던 아리엘 디아블로가 차갑게 말했다.

"전부 밟아 죽여라."

히히힝~!

다크 홀스가 거칠게 날뛰자 아리엘 디아블로가 검을 높이 치켜들었다.

후아아아!

검에서 어두운 줄기가 길게 뻗어 나가 데스 나이트와 다크 나이트의 머릿속에 침투했다.

바로 '왕의 축복(Epic)' 스킬이다. 동시에 어둠의 마력이 더욱 진해져 데스 나이트와 다크 워리어가 있는 곳은 아예 검은색 안개가 낀 것처럼 보였다.

하지만 인간들도 이러한 상황을 아예 상정하지 않고 있던 것은 아니다.

정예로 구성된 각성자 일천이 근처에 항시 대기하는 중이었다. 하나 아리엘은 그 중심부로 뛰어들어 검을 바닥에 내리꽂았다.

그 순간.

콰아아아아앙!

반경 수백 미터를 집어삼킨 폭발이 아리엘로부터 일어났다.

땅이 뒤집히며 동시에 거대한 폭풍이 몰아쳤다.

정예의 각성자들도 그 여파를 견딜 수 없었다. 다수의 각성자는 시체조차 남기지 못하고 스러졌다.

그 중심부에서 아리엘은 차갑기 그지없는 무표정한 얼굴로 말했다.

"종말의 시간이다, 인간들이여."

Dungeon Hunter

쉴라의 동상과 관련되어 실마리를 얻었고 막시움을 움직여서 혼란을 일으켰으니 나도 따로 준비를 할 차례였다.

"지브스, 케르피."

불과 물의 정령들.

과연 어둠의 숲을 벗어나 자신의 영역으로 돌아갔을지 확인을 해야 했다.

내가 둘의 이름을 입에 담자 계약의 이행이 진행되었다. 작은 균열 두 개가 생성되며 머지않아 두 존재가 나를 반겼다.

"계약자여, 드디어 불러주었구나."

"다시 뵙게 돼서 반가워요, 계약자여."

지브스와 케르피는 동시에 등장했다.

인간과 흡사한 외형 그대로 그러나 조금 모습이 흐릿했다.

"둘 다 부상을 입었나 보군."

"망할 어둠의 정령들! 이 원한은 백배로 돌려줄 것이다."

"마찬가지예요. 그들에게 물의 정령들이 얼마나 무서운지 깨닫게 해주겠어요."

웬일로 상극의 정령들이 의기투합을 하였다.

모두 어둠의 정령 덕이다.

그때, 화염의 화수 지브스가 나를 쳐다보곤 의아한 듯 물었다.

"그런데 계약자여, 그대에게서 매우 익숙한 느낌이 난다. 무슨 일이 있었던 거지?"

"지고한 불의 정수와 계약을 했다."

"음……? 우리 아홉 불 중 한 분과 계약을 했다고? 잠깐……."

쿵쿵!

지브스가 냄새를 맡고는 기겁하여 물러섰다.

"믿기지가 않는군. 분명히 계약이 되어 있다. 그것도 지고한 불과!"

"어쩔 것인가? 본래 돌려주는 게 우리의 약속이었지만 불의 정수는 나와 계약을 맺었다."

나는 즉시 본론을 말했다.

그러자 지브스는 미간을 찌푸린 채 입을 열었다.

"정령왕께 고하겠다. 나 혼자선 결정할 수 없는 일이다."

"기다리고 있으마."

쉬잉!

지브스가 급히 돌아갔다.

"계약자여, 신물에도 손을 댄 것은 아니겠죠?"

"걱정 마라."

히아신스의 활을 건네자 케르피가 그것을 조심히 받아 들었다.

"고마워요. 물의 정령왕께서도 매우 기뻐할 것이에요. 아, 그리고……."

보답이라도 하듯 케르피가 내게 작은 돌멩이 몇 개를 건넸다.

"깊은 호수에서 건진 오래된 돌이에요. 이름 붙인 정령들이 곧 깨어날 시기이니 잘 보듬어주세요. 그녀들과 계약하면 계약자의 성향에 따라 급속한 성장을 이룰 거예요. 정령왕께서 애지중지하던 아이들이랍니다."

가만히 돌멩이를 받아 들고 유심히 지켜보았다.

확실히 묘한 이질감이 느껴졌다. 요컨대 이게 정령의 씨앗이란 것이다.

"그럼, 저는 빨리 돌아가 봐야겠어요. 정령왕께서 기다리고 계신지라……. 좋은 소식과 함께 다시 찾아뵙겠어요, 계약자여."

꾸벅!

고개를 숙인 케르피가 바쁘게 돌아갔다.

그녀가 사라지자 약속이라도 한 것처럼 다시금 지브스가

돌아왔다.

지브스는 표정을 잔뜩 굳히곤 말했다.

"이야기가 끝났다. 정령왕께서 계약자를 보길 바란다."

불의 정령왕.

그에 대해 나는 아는 게 거의 없다. 어둠의 정령을 제외한 나머지 정령은 마족들의 싸움에 관여하진 않은 까닭이다. 해 봐야 정령계에서 서로 치고받는 게 전부였다.

풍문으로 들은 몇 가지 정보가 있기는 했지만 직접 보고 대화를 나누는 데 크게 도움이 될 것 같지는 않았다.

'아도니스가 많은 공을 들였다고만 알고 있지.'

불과 빛, 번개의 정령이 가장 저항이 거셌다. 어둠의 정령 왕 아도니스가 한계 돌파를 행하고 정령계의 절반을 차지했 을 때조차 힘겨운 사투를 이어 나갔다고 들었다.

그중 하나인 불의 정령왕.

이름은…….

'가랏쉬.'

기억해 내곤 고개를 주억였다.

과연 소문과 실체가 얼마나 같고 다른지는 만나봐야 알겠 지만 나도 조금은 긴장하지 않을 수 없었다.

"정령왕께선 돌려 말하는 걸 싫어하신다. 다소 거친 언행 일 수 있겠지만 양해해 달라, 계약자여."

"걱정 마라."

단순히 언행이 거친 정도라면 가볍게 넘어갈 수 있다. 애당초 나는 상대의 말투 같은 것에 신경을 쓰는 부류의 마족이 아니었다. 공격적인 기세를 품고 있다면 또 모르겠지만 그저 말투 때문에 일이 생기진 않을 것이었다.

"계약자여, 정령왕께서 있는 장소로 가려거든 '불의 계단'을 올라야 한다. 이곳에 온 외부의 존재는 모두 이 3,600개의 계단을 건너게 되어 있다."

아무것도 없는 허공.

그 위에 이글거리며 타오르는 불꽃의 계단이 수없이 길게 늘어져 있었다.

균열을 통과하고 얼마 지나지 않아서 이와 같은 장소에 도착한 것이다.

3,600개라는 압도적인 숫자의 계단 모두를 오르는 게 내게 주어진 시련인 것 같았다. 붉게 달아오른 돌이 쉴 새 없이 타올랐다.

마법적인 조치가 취해져 있는 것 같은데……. 이 위에 불의 정령왕이 있다면 대수롭지 않게 건널 수 있었다. 어차피 이 따위 불길은 내게 아무런 피해를 줄 수 없다.

치이익!

계단 위를 오르자 무언가가 튀기는 소리가 들렸다.

과연. 내 지능이 80 정도 선이었다면 조금은 고통스러웠겠다. 그러나 이미 100을 넘긴 지능 수치는 내 항마력 자체를 우월하게 만들어주었다.

아무렇지도 않게 계단을 오르자 지브스가 놀라했다.

"중급 이상의 정령들도 오르는 게 힘들거늘. 지고한 불과 계약해서인가?"

"계약이 없어도 이쯤은 쉽다."

확실히 불의 정수와 계약해서인지 이 불의 계단이 안락한 느낌마저 가져다줬지만 계약이 없어도 이쯤은 간단하게 오를 수 있었다.

"이 계단을 오르는 외부의 존재는 무척이나 오랜만이다. 다른 정령들도 궁금증에 이곳을 지켜보고 있다. 손이라도 흔들어주는 게 어떻겠나?"

계단을 오르자 밑에서 나를 바라보는 수많은 눈길을 알아차렸다.

수많은 불의 정령이 오로지 내게 집중하는 중이었다. 조용히 만나서 이야기를 나누고 싶었건만, 이래선 비밀 유지는 힘들 듯싶었다.

'엎질러진 물. 차라리 관계를 돈독히 하는 게 낫겠지.'

맞다. 불과 물의 정령들을 도운 시점에서부터 물은 이미 엎질러진 것과 같았다. 내 의도는 어디까지나 아도니스의 독주를 막고 판을 키우는 것. 이왕지사 불의 정령들과 관계를 트고자 하였으니 이미지 관리를 해도 나쁠 건 없었다.

손을 들고 한 차례 흔들어주자 주변을 오가는 불덩이들이 몸을 마구 떨어댔다. 지상에서 공중으로 올라와 내 주변을 돌았다.

"정령들도 기뻐하고 있다. 계약자가 가진 불의 친화력은 상상 이상이어서 그들이 더욱 좋아하는 것 같다."

"그런가?"

"내 수준의 격을 갖춘 정령은 안 되겠지만 하위의 정령 몇 과 계약을 해보는 건 어떻겠나? 계약자에 따라서 하위의 정 령들은 빠르게 성장하기도 한다. 그만큼 더 열심히 일할 테 니 계약자도 나쁜 일은 아닐 것이다."

계단을 절반가량 오르자 지브스가 말했다.

하위의 정령들과 계약이라. 케르피도 내게 아직 정령조차 되지 못한 돌멩이 몇 개를 건넸다. 그들이 정령으로서 태동 한다면 내가 길러주길 바라서.

'정령의 육성은 그다지 관심이 없었지만……'

지브스의 말대로다. 나쁠 것은 없었다. 어차피 초월자의 영역에 발을 들인 고로 하위 정령 몇과 계약한들 지장이 오 지는 않을 것 같았다. 기껏해야 마력 조금 좀먹는 게 전부 일 터. 그조차 이번에 들인 '정복자의 반지'로 인해 상쇄가 되었다.

마력 회복 효율을 급격하게 증대시키니 정령들이 소모하 는 것쯤은 가볍게 웃돌아버릴 것이었다.

"생각해 보겠다."

짧게 읊조렸다.

지브스는 만족스럽게 미소를 지었다.

"어쩌면 정령왕께서 직접 언급을 하실 수도 있다. 아예 정
령의 씨앗을 달라고 하는 것도 괜찮다. 계약자라면 아주 특
이하고 훌륭한 불의 정령을 탄생시킬 수 있을 것 같다."

"악독한 녀석으로 길러지겠지."

"하하! 계약자여, 그것은 농담인가?"

진담이다. 나를 닮아 성장하는 정령이 정상적인 성격을 지
닐 리 만무했다.

굳이 말하진 않았다.

30여 분을 더 걷자 계단을 전부 오를 수 있었다.

이윽고 보인 광경은 제법 놀라웠다.

불덩이를 머금은 꽃이 수없이 늘어져 있고 케르베르스 수
십 마리가 그 사이를 오가는 중이었다. 바로 지척에 뜬 태양
과 그 밑의 거대한 성도 위압감을 주기에 충분하였다.

"조금 서두르겠다. 태양의 빛이 강한 걸 보니 정령왕께서
심기가 불편하신 것 같다."

"기다리는 걸 싫어하는 성격인가?"

"아무래도…… 하여간 계약자여, 나를 따라와라."

지브스가 더욱 속도를 높여 앞서 나갔다.

불의 정령왕 가랏쉬.

그는 태양보다 붉은 머리칼과 텁수룩한 수염을 지닌 건장한 남자의 모습을 하고 있었다.

붉은 망토를 착용했으며 열 개의 반지와 값비싼 목걸이를 착용해 사치스러워 보이기도 하였다.

그러나 내가 바라본 관점은 조금 달랐다.

'착용한 아이템 대부분이 에픽 등급이다.'

심안을 이용해 가랏쉬를 살핀 결과 내심 당황할 수밖에 없었다. 직접 만나는 것은 처음이지만 좋은 아이템을 둘둘 말고 있었다. 마계 옥션을 주관하는 어둠의 정령왕이 더욱 괜찮은 아이템을 착용하고 있을 줄 알았건만 단순한 편견이었을까?

어쩌면 저런 모습 때문에 아도니스가 곤혹을 겪은 건지도 모르겠다.

'단순 능력치는 내가 본 이들 중 최강이다.'

심장이 빠르게 뛰었다.

지저 세계에 돌아온 이후 내가 최강이라 여겼건만…….

아무래도 긴장을 놓지 말아야 할 듯싶었다.

이름 : 가랏쉬

직업 : 불의 정령왕

칭호 :

　*화염의 지배자(Ex Epic, 모든 능력치+4, 불에 대해 완전면역)

능력치 :

　힘 107(+12)

　지능 103(+7)

　민첩 104(+12)

　체력 104(+7)

　마력 105(+19)

　잠재력 (523+57/550)

특이사항 : 불의 정령계를 담당하는 정령왕. 역대 불의 정령왕 중
　　　　　최강자로서 불의 정령들에게 막대한 신뢰를 얻고 있습
　　　　　니다.

스킬 : 태양 태엽(Epic), 태양 방패(Epic), 불의 위엄(Epic), 광합성
　　　　(Epic), 지옥불(Ex Epic), 태양왕의 강림(Ex Epic)

적용 중인 스킬&아이템 효과 : 태양 반지(Epic, 마력+5), 지옥불 반지
(Epic, 힘민체마+2), 불타는 힘의 반지(Epic, 힘+5), 시르한의 목걸이(Epic, 지
능+2 민첩+5), 위엄이 서린 갑주(Epic, 마력+7), 절명의 반지(Ex U, 모든 능력
치+1)

[상대 비교]

가랏쉬

힘 119 지 110 민 116 체 111 마 124 잠재력 (523+57/550)

랜달프 브뤼시엘

힘 105 지 105 민 100 체 107 마 110 잠재력 (434+93/550)

거의 600에 다다르는 능력치 총합!

'압도'라는 말이 절로 나오는 수치다.

한계 돌파를 행하고 포인트로 격을 올렸대도 과연 아도니스가 가랏쉬를 혼자 상대했을지 의아함이 들었다. 불가능하진 않겠지만 세력을 급속도로 넓힌 뒤 불의 정령계를 친 게 가랏쉬와 관련이 있을 것 같았다.

'조급해할 만하군.'

아도니스. 그는 정령왕으로서 그다지 강한 축에 들지는 않았다. 당장 가랏쉬만 봐도 격의 차이가 느껴졌다.

더불어서 어둠의 정령들이 수작을 부린대도 그다지 급하게 움직이지 않았던 이유가 설명이 됐다. 마음만 먹으면 어둠의 정령 따위 짓누를 수 있다는 여유가 있었기에 가능했던 것이다.

그러니 아도니스가 어찌 조급하지 않을 수가 있겠는가.

가랏쉬를 보고 모두 이해가 되었다.

'하늘 위의 하늘이라.'

역대 불의 정령왕 중 가장 강하다지만 나로서도 살짝 의외였다. 설마 지금 같은 시기에 나를 능가하는 존재가 나타나리라고는. 이래서 안주하면 안 된다. 더욱 고삐를 붙잡고 길을 걸어야 했다.

"지고의 불 중 하나와 계약을 했다고?"

뒷짐을 진 채 작게 웃으며 가랏쉬가 먼저 운을 뗐다.

"어쩌다 보니 그렇게 됐다."

"흐음, 이프리트의 계약자라면 우리와도 무관하진 않다. 환영하마."

척.

가랏쉬가 손을 내밀었다.

"환영해 주니 몸 둘 바를 모르겠군."

처음부터 이들과는 호의적인 관계를 지속하자 생각했으니 손 정도는 시원하게 맞잡아줄 수 있었다.

짧은 악수 끝에 가랏쉬가 말했다.

"짧게 말하겠다. 계약을 해지해라."

눈썹을 찌푸렸다. 그야 상정하지 못한 상황은 아니지만 대뜸 물어볼 줄은 몰랐다. 무례하다면 무례하고, 지브스가 말한 대로라면 과연 그랬다.

하나 나는 최대한 고요한 상태에서 입을 열었다.

"이프리트는 내 심장에 터를 잡았다. 억지로 계약을 해지하겠다면 실력 행사를 할 수밖에."

강제로 계약을 해지하거든 그 여파가 없을 리 없었다. 특히 심장에 자리를 잡아서 자칫 잘못하다간 그대로 사망할 수도 있었다.

내 말이 끝난 즉시 가랏쉬가 기세를 내뿜었다. 불이 넓은 방 안을 가득 채우며 넘실댔다.

'굉장한 마력이군.'

나조차 압박을 느낄 수준이다. 이런 경험은 굉장히 오랜만이었다. 회귀한 이후에는 좀처럼 느껴볼 수 없었던 긴장감이 전신을 맴돌았다.

하지만 내 지능과 마력 수치도 낮진 않다. 가랏쉬의 기세를 맞받아칠 정도는 되었다.

오만의 불길을 터뜨리고 도리어 가랏쉬에게 한 발자국 다가갔다.

해볼 테면 해보라는 듯.

'어차피 그는 나를 해할 수 없다.'

이곳은 불의 정령계. 그중 심장부에 해당하는 장소다.

나나 가랏쉬쯤 되는 존재가 있는 힘껏 격돌하면 계단을 올라오며 보았던 수많은 정령은 대부분 소멸을 맞이하게 된다.

뿐만 아니라 나는 그들에게 있어서 '은인'의 입장이다. 그것을 가랏쉬가 모르진 않을 터. 아무리 경우가 없어도 격을 갖춘 존재는 그만한 위엄을 가지게 마련이다.

말 한마디, 행동 하나에 의미를 부여하며 가치를 더욱 높인다. 물건을 뺏자고 은혜를 원수로 갚는 짓은 하지 않을 것이었다.

이건, 일종의 시험이다.

이프리트와 계약을 할 만한 이인지 확인을 해보겠다는 심보가 아니고선 이런 식으로 강경하게 나올 리가 없었다.

짝!

가랏쉬가 손뼉을 쳤다.

동시에 방 안을 맴돌던 강렬한 기운들이 거짓말처럼 사라졌다.

그는 살짝 감탄한 어조로 말했다.

"대단하군. 어린 마족이 벌써부터 초월의 영역에 발을 들였다니……. 그러나 완벽하게 초월자가 되지는 못한 듯싶군. 이질감이 매우 강해."

순수 능력치로 초월자의 벽을 넘지는 못했다. 아무래도 그 점을 말하는 모양이었다.

나도 오만의 불길을 꺼뜨렸다.

"시험은 끝났나?"

가랏쉬가 피식 웃었다.

"합격이다. 지고한 불의 계약자로서 충분한 격을 갖췄다. 마족이란 점은 마음에 안 들지만 듣기로 그대는 다른 마족과 다른 노선을 타고 있다지?"

처음과는 전혀 다른 태도. 말문이 제대로 터졌다. 가랏쉬가 인정했다는 의미다.

나는 분노와 황제의 검을 한 차례 쓰다듬으며 말했다.

"마왕. 모든 대공을 꺾고 그 자리에 앉는 것이 나의 목표다."

"마왕이라……. 나는 가장 밑바닥에서 가장 위를 지향하는 자를 좋아한다. 그들의 대부분은 실패하지만 성공하거든 세계가 움직이는 파장을 낳지. 하여간, 이프리트의 계약자여. 그대는 이제 우리 불의 정령의 친구와 같다. 그에 따라 선물 한 가지를 주고 싶은데…… 따로 원하는 게 있는가?"

시험 이후에는 선물이었다. 어쩐지 당한다는 느낌이 없잖아 있지만 그렇다고 가만히 당하고만 있을 수는 없는 노릇.

기껏 여기까지 찾아왔으니 빈손으로 돌아갈 순 없었다.

하여, 가감 없이 있는 그대로 원하는 것을 입에 담았다.

"불의 정령이 깃든 씨앗을 대량으로 받고 싶다. 처음은…… 10만 개 정도면 충분하겠군."

to be continued